花ふぶき

日暮し同心始末帖②

辻堂 魁

祥伝社文庫

目次

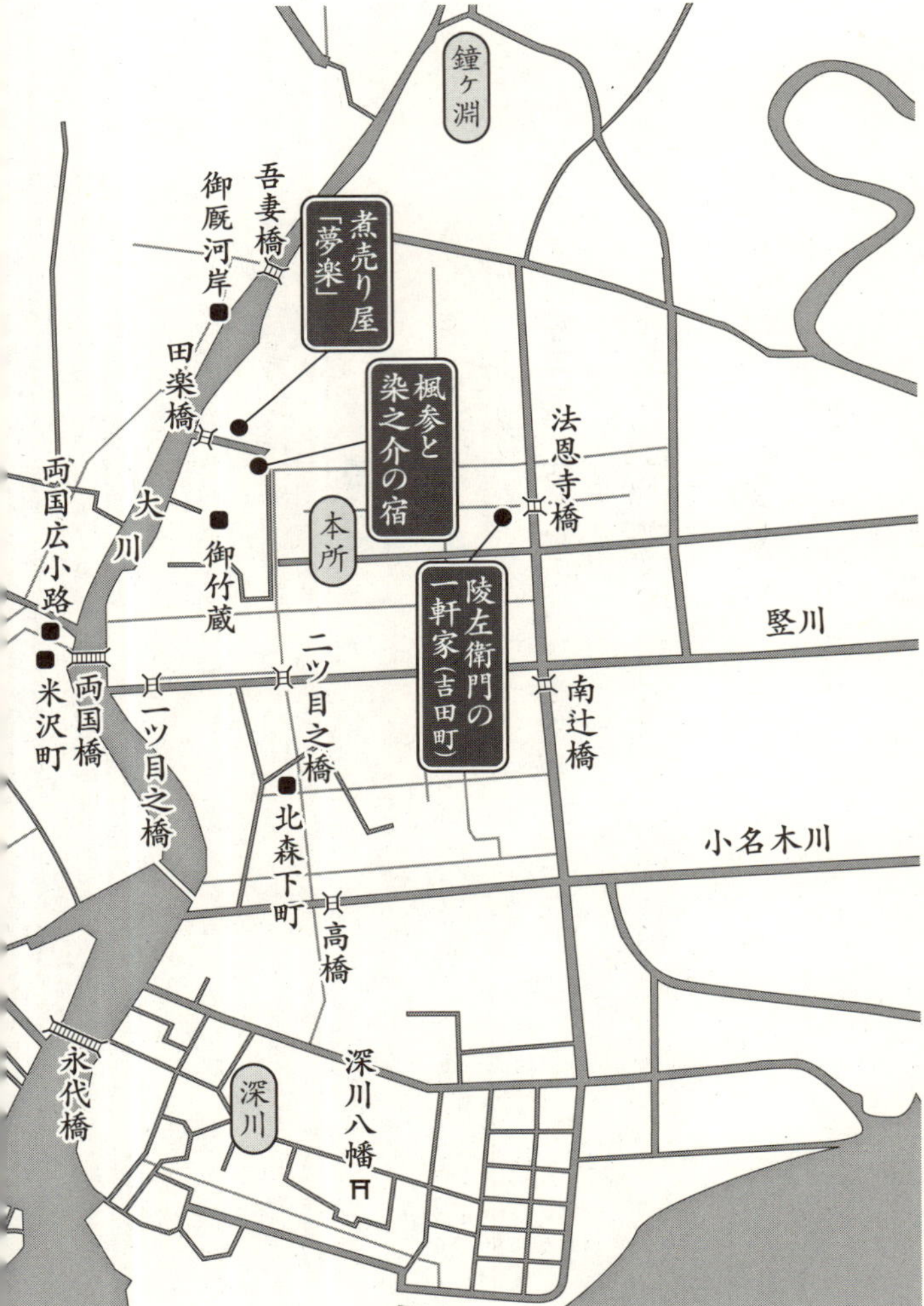

鐘ヶ淵
吾妻橋
御厩河岸
煮売り屋「夢楽」
田楽橋
楓参と染之介の宿
法恩寺橋
両国広小路
大川
本所
御竹蔵
陵左衛門の一軒家（吉田町）
竪川
米沢町
両国橋
一ツ目之橋
二ツ目之橋
南辻橋
北森下町
小名木川
高橋
永代橋
深川
深川八幡

『花ふぶき』の舞台

北
西
東
南
不忍池
水道橋
神田川
和泉橋
新シ橋
奥田帯刀屋敷（駿河台下）
口入れ屋「梅宮」
黒雲亭（神田豊島町）
江戸城
日本橋
南茅場町
北町奉行所（呉服町）
小料理屋「桔梗」
八丁堀
日暮家組屋敷

地図作成／三潮社

序　春の雪

一

年が明けて文化《ぶんか》十四年（一八一七）、春は名のみの一月のその日、昼前から江戸に雪が舞った。

「降り出したね」

通りかかった馴染《なじ》みの行商に声をかける表店《おもてだな》の主人が、「ふう、寒いさむい……」と手を擦《こす》り合わせつつ見あげた空は、銀色の艶《つや》めいた雲が重厚な紋様を一面に染めていた。

そのときならぬ春の雪が、女郎の刷《は》いた白粉《おしろい》のような薄化粧を屋根や街路にほどこし、浅草《あさくさ》の時の鐘が昼八ツ（午後二時頃）を報《しら》せるころである。

向島《むこうじま》の寺島《てらしま》村と橋場《はしば》を結ぶ渡し場をすぎた隅田《すみだ》川を、一艘《いっそう》の屋根船がゆるやかに漕《こ》ぎのぼっていた。

屋根船は、布子《ぬのこ》の縞半纏《しまはんてん》に菅笠《すげがさ》の船宿《木邑《きむら》》の船頭が艫《とも》の櫓《ろ》を軋《きし》ませ、銀色の空を映した滑《なめ》らかな川面《かわも》にひと筆《ふで》の波紋を描いていた。

あたりには川漁師の姿も見えず、水鳥の声もない。

両岸の木々や水縁《みずべり》の枯《か》れた葦《あし》に薄く積もる雪と川の流れだけが、昼下がりのときを、儚《はかな》げに、静かに刻《きざ》んでいた。

屋根船に立てた白い障子戸《しょうじど》の奥からは、女の浄瑠璃《じょうるり》の語りが聞こえていた。

後《のち》に向島の料亭の若い衆が、水戸《みと》家下屋敷《しもやしき》へ使いへいった帰りの堤道で、

「まるで春の雪と戯《じゃ》れているようで、聞き惚《ほ》れやした」

と述べた、澄んだ声ゆえに物悲しいひと節が、銀色の川筋にせつせつと流れていたのだった。

鑓《やり》の権三《ごんざ》は伊達者《だてしゃ》でござる……

……つひにわが身の仇草《あだしぐさ》、世の謗草浮草《そしりぐさうきくさ》に……

と、浄瑠璃の節が《鐨の権三重帷子《かさねかたびら》・権三おさゐ道行《みちゆき》》を語り始めた折りしも、上《かみ》よりくだる一艘の猪牙《ちょき》が、するすると屋根船へ漕ぎ寄っていくのが見えた。

猪牙にはいずれも網笠《あみがさ》をかぶった船頭と二つの人影があり、屋根船へ漕ぎ寄せると、二つの人影は乗り移って屋根船の船頭と少しもつれ合ったようだったが、すぐに船頭もろとも障子の中へ消えた。

すると屋根船の女の浄瑠璃が途《と》ぎれ、春の雪の舞う隅田川は静寂に包まれた。

もうひとり、橋場の水茶屋の若い端女《はしため》が、水洗いをして凍《こご》えた手に息を吐《は》きながら、台所の明かり窓から隅田川のずっと北方《きたかた》に屋根船と猪牙が並んで浮かんでいるのを見ていた。

端女は、網笠の二人が屋根船から藁莫蓙《わらござ》に包んだ荷物を肩に担《かつ》いで猪牙へ積み、それから猪牙の船頭が櫓を巧《たく》みに操《あやつ》り、たちまち下流へ漕ぎ去っていったと明かした。

後には人影のない屋根船が隅田川にぽつんと浮かび、流れに寂《さび》しく漂《ただよ》っているのを見て、端女は思った。

「なんだが、船に障《さわ》りができて、乗り捨てたみたいだったども……」

だが、乗り捨てられたかの屋根船は、吾妻橋《あづまばし》をくぐり抜けて大川《おお》を漂い、一刻《いっとき》(約二時間)後、両国橋《りょうごく》の橋桁《はしげた》に行く手を阻《はば》まれた。

両国の河岸場《かしば》周辺では人々が屋根船を見つけ、

「船頭が川に落ちたんじゃねえか」

と、ちょっとした騒ぎが起こった。

両国橋の橋桁をおりて屋根船に乗りこんだ河岸場の男が、雪をかぶった屋根の中をのぞいて「あっ」と声をあげた。

若い女と、浅草橋の船宿・木邑の顔見知りの老船頭が、手足を縛《いまし》められ猿轡《さるぐつわ》を嚙《か》まされて転《ころ》がっているのを見つけたからだ。

縛められた若い女の、黄地に茶格子《ちゃこうし》の小袖《こそで》と紋付裃《もんつきかみしも》の鮮《あざ》やかな藤色が、錦絵《にしきえ》のようだったと、乗りこんだ男は言った。

男はすぐ縛めを解き、屋根船を両国河岸場へ着けた。

若い女と船頭は野次馬の見守る中を、両国米沢町《よねざわ》の自身番《じしんばん》へともなわれた。

「わたくしは、楓染之介《かえでそめのすけ》と申します」

女は町役人《ちょう》に、島田の簪《かんざし》をゆらし淀《よど》みなく言った。

「何とぞ、駿河台下《するがだいした》の阿部勘解由《あべかげゆ》さまのお身内の方にお知らせくださいませ。伝《でん》一郎《いちろう》さまのお命にかかわることでございます。事の次第はお身内の方にお話しいたします。それまでは何とぞ。人の命にかかわることでございます」

女の傍《かたわ》らで戸惑っている老船頭も、

「お客の命に、差《さ》し障《さわ》りがあることだで……」

と繰りかえすばかりだった。

女が、今、江戸で一番人気と評判の高い女義太夫《おんなぎだゆう》楓染之介だったため、騒ぎはさらに大きくなった。

義太夫は竹本《たけもと》義太夫という太夫より起こった人形浄瑠璃節の一門であり、それが大流行して、のちに浄瑠璃語りの通称になっていた。

騒ぎを聞きつけた船宿・木邑の女将《おかみ》が、自身番へ息をきらしてやってきた。

女将の話では、その昼、駿河台下に屋敷を構える公儀勘定吟味役《かんじょうぎんみやく》筆頭阿部勘解由さまご子息の伝一郎さまが客となり、ごひいきの女義太夫楓染之介が船遊びのお務めに招かれた。

板子《いたご》に毛氈《もうせん》を敷き、置炬燵《おきごたつ》に酒と肴《さかな》を揃《そろ》え、「いってらっしゃいまし」と雪のちらちらと舞い始めた神田《かんだ》川の桟橋《さんばし》より伝一郎と染之介を送り出したのが昼九ツ(正午頃)すぎ。

いくらなんでも戻りが遅いから気になっていたところでしたと、女将は思いもよらぬ出来事に眉《まゆ》を曇らせた。

そして夕刻、湿った春の雪にぬかるむ道に高下駄《たかげた》をとられつつ、阿部家用人《ようにん》が小柄な若い家士をともない、自身番に現れた。渋茶の紙合羽《かみがっぱ》をかけ山岡頭巾《やまおかずきん》で顔を隠していたが、押し出しの厳《いかめ》しい士《さむらい》だった。

屯《たむろ》していた野次馬が自身番の前を開くと、用人は蛇《じゃ》の目《め》を閉じて家士へ渡し、玉砂利に高下駄の歯を、かつかつと鳴らした。

「阿部家の者だ。先ほど、当自身番の使いの者より、伝一郎さまのお身の上にかかわる火急の事態との報せを受け……」

と用人はくぐもった声で言った。

「へへえ。わざわざのお越し、畏《おそ》れ入ります」

月番の町役人が自身番の畳《たたみ》に手をつき、深々と頭を垂《こうべ》れた。

阿部家用人槇原藤次《まきはらとうじ》は、町役人の後ろに控える藤色の袢姿の女義太夫楓染之介へ、好奇の眼差しをじろりと投げた。

第一話　送り連《れん》

一

きたな……

暗闇《くらやみ》の中で、日暮龍平《ひぐれりゆうへい》は戸外の気配に神経を尖《とが》らせた。

草を踏む草履《ぞうり》の音と乱れた息遣いが、小屋の中の闇をかすかにふるわせた。

足音と息遣いで、相手の技量のほどが知れた。

羽目板の隙間《すきま》から中の様子をうかがっている。

隙《すき》だらけだった。

今、隙間からひと突きすれば、相手の腹を簡単に貫《つらぬ》けた。

だが龍平は、あまりの未熟さについ同情を覚えた。

鑓《やり》を、しゅっしゅっとしごいている。

その仕種《しぐさ》も手ぬるい。

馬鹿――と怒鳴《どな》りつけたくなった。

それから、そろり、と鑓の穂先《ほさき》が入ってきた。
六、七尺《しゃく》（二メートル前後）の枕鑓《まくら》だった。
子供の悪戯《いたずら》のように暗い小屋の中を穂先が獲物を探してうろついた後、

「えい」

と、小さなかけ声とともに、横になった龍平の肩口目がけて突き出された。

龍平がその口金《くちがね》を鷲《わし》づかみにしたとき、すでに身体《からだ》は起きていて、鑓はぴくりともしなかった。

「あ？」

間抜けた男の声が聞こえた。

すかさず鑓を手繰《たぐ》ると、一緒に手繰り寄せられた男はぶつかった羽目板をみしりと鳴らし、呆気《あっけ》なく手を放した。

龍平は羽目板を蹴《け》り倒し、外へ躍《おど》り出た。

「わあっ」

男が草むらを転がった。

がつん——と、這《は》って逃げる男の前に枕鐺を突き立てた。

「逃がさん。観念しろ」

男が龍平を振《ふ》り仰《あお》ぎ、尻餅《しりもち》をついた恰好《かっこう》で後退《あとじさ》った。

「なんだ、き、きさま、ぶ、無礼だぞ」

夜目にも侍だとわかった。

無精髯《ぶしょうひげ》が生え、よれた袴《はかま》の裾《すそ》から痩《や》せた裸足《はだし》が出ている。

それでも侍は刀を抜こうとした。

「やめとけ」

龍平は着流しに締《し》めた博多帯《はかたおび》に差した十手《じって》を抜き、突きつけた。

身体をかえし起きあがろうとする侍の左右から、《梅宮《うめみや》》の宮三《みやぞう》と倅《せがれ》の寛一《かんいち》が伸《の》しかかった。

手もなく宮三と寛一に押し潰《つぶ》され、「痛い、いたたた……」と喚《わめ》いた。

「じたばたするんじゃやねえ」

宮三が手馴《てな》れた早縄《はやなわ》でたちまち縛りあげる。

「放せっ、卑怯者《ひきょうもの》。お、おれは何もしていないじゃないか」

喚く横《よこ》っ面《つら》を宮三が、ぱあん、とはった。

うがあ……と侍は泣き声をもらした。

周《まわ》りの小屋から、物乞《ものご》いらがぞろぞろと姿を見せ始めていた。

龍平は侍の腰の一本を鞘《さや》ごと抜き、鯉口《こいぐち》をきり、刀身を四、五寸《すん》（約一五センチ前後）抜いた。

「見ろ、寛一。竹光《たけみつ》だ」

寛一は枕鑓をつかんでいた。

「旦那《だんな》、この用心鑓《ようじんやり》（枕鑓の別名）も柄が半分竹棒ですぜ」

「刀は売れても、鑓は売れなかったんだろう」

宮三が縄尻を引き侍を立たせたが、侍は咽《むせ》び始めた。

「野郎、盗人《ぬすつと》のくせにめそめそするんじゃねえ」

宮三が肩を小突くと、侍はよろけた。

首やはだけた胸に筋や骨が浮いていた。

「てめえ、飯は食ってんのかよ」

「昨日から、何も口に、しておりません、くく……」

「だから物乞いの懐《ふところ》を狙《ねら》ったってえのかい」

宮三が縄をぎゅっと引き、痩せた侍の背中をまた小突いた。

物乞い小屋の物乞いや夜鷹《よたか》を狙った《突き鑓》と呼ばれる新手《あらて》の強盗が、去年の暮れから本所竪川《ほんじょたてかわ》沿いに出没していた。

夜更《よふ》け、眠っている物乞いに小屋の外から鑓を突き立て、「いたたた」と怯《ひる》んだ隙に稼ぎを掠《かす》めたり、橋の袂《たもと》で客を引く夜鷹の尻にいきなり鑓を刺し、へたりこんだ夜鷹の懐から端金《はしたがね》を奪う、という荒っぽい手口だった。

中には、夜鷹が客をとっているそのさ中に客と女双方の剝《む》き出しの尻に鑓を突き立て、痛みでもがく二人を尻目に金を奪って逃げた一件もあって、不謹慎だが町方の間で滑稽《こっけい》話のねたになった。

《突き鑓》は、食い詰め浪人か貧乏御家人の仕業《しわざ》と言われる、どこかみすぼらしくしけた強盗だった。

傷を負わせるだけで死人は出ていない。けれど貧民の物乞いや夜鷹の懐さえ狙う貧乏侍の窮乏ぶりこそが今の世の惨状を映している、と憂《うれ》える者もいた。

年始早々、龍平はその《突き鑓》の掛《かかり》を命ずると、五番組支配与力《よりき》の花沢虎ノ助《はなざわとらのすけ》に言われた。

そんな恰好の悪い野郎は《その日暮らし》にでもやらせとけ、と廻ってきた役目だった。

五番組頭の年寄同心《としよりどうしん》梨田冠右衛門《なしだかんえもん》が、龍平をからかった。

「尻の穴はとられねえように、用心してかかるんだぜ」

何が面白いのか、年寄同心詰所は爆笑に包まれた。

そうして龍平が囮《おとり》となり、物乞い小屋に身を潜《ひそ》めて三日目の夜だった。

やっと捕えた《突き鑓》は、案《あん》の定《じょう》、みすぼらしい小男だった。

「話は自身番で訊《き》く。《突き鑓》親分、向こうで何か食わしてやってくれ」

「へい。承知しました。そら、いきな」

宮三は咽び続けている《突き鑓》の薄っぺらな丸い背中に言ったが、今度は小突かなかった。

二

北町奉行所平《ひら》同心日暮龍平は年が明けて三十一歳になった。

五尺《しゃく》七寸（約一七一センチ）あまりの細身の身体つきに、鼻梁《びりょう》が鼻筋をやや高く見せている細面《ほそおもて》にしては、幾分、下ぶくれに見える骨張った顎《あご》と生白い肌色の風貌が、町方同心というより伝奏《でんそう》屋敷にやってくる公家《くげ》の青侍に似合《にあ》っていた。

同い年の妻の麻奈《まな》、六歳になった長男の俊太郎《しゅんたろう》、去年生まれた娘菜実《なみ》、隠居夫婦の達広《たつひろ》と鈴与《すずよ》、それに六十近い下男の松助《まつすけ》の七人が、亀島《かめしま》町のおよそ百坪《つぼ》の組屋敷に暮らしている。

龍平は、水道橋稲荷小路《すいどうばしいなりこうじ》の公儀番方小十人組旗本《こじゅうにんぐみはたもと》・沢木七郎兵衛《さわきしちろべえ》の三男だった。

二十三歳のとき、町方同心などとんでもないと親戚中が反対するなか、

「部屋住みでくすぶっているよりは、ましでしょう」

と両親を説き、八丁堀《はっちょうぼり》亀島町の日暮家へ婿入《むこい》りして町方同心になった。

世の中こうしたもんだろう――と妙に達観したところが、龍平にはあった。

婿入りした年の四月、舅《しゅうと》の達広の番代わりで北町奉行所平同心となり、足かけ九年目になる今でも平同心のままだった。

平同心とは、吟味方《ぎんみかた》とか廻《まわ》り方《かた》とかの決まった掛のない同心である。

ただ現代のサラリーマン社会の平社員とは、ちょっと意味が違う。

下っ端であることは同じでも、町奉行所勤めの遊軍みたいな役廻りである。

掛がないからなんでもやらされる。

奉行に従い評定所立会《ひょうじょうしょたちあい》、小塚原《こづかっぱら》や鈴ヶ森《すずがもり》の斬首検使、面倒な宿直《とのい》勤めもやる。

旗本がなんで町方同心なんだ……

旗本の家から町方へ婿入りした龍平に対する奉行所内の軋轢《あつれき》や気位の高い与力や同心の抵抗は様ざまにあったし、それは今もある。

去年の暮れ、龍平は《海へびの摩吉《まきち》》率いる強盗一味捕縛に手柄をたて、「日暮は使える」「さすがは旗本」と面目を大いにほどこしたが、日常の役目になると、そんな手柄など誰も気にかけてはいなかった。

相変わらず、奉行所内の雑用仕事や病欠とかが出ると「そいつぁ、日暮にやらせろ」という役廻りになっていた。

《その日暮らしの龍平》

《ひぐれではなく、その日暮らしだ、ははは……》

その日その日の雑用勤めで一日を終える龍平に、そんな綽名《あだな》がついていた。

実際龍平は、己の役目を諄々《じゅんじゅん》とこなし、その日その日の雑用仕事も、どこか楽しげにすら果たす男だった。

同僚らは、揶揄《やゆ》をにじませて陰でささやき、笑った。

日暮は妙な男だ。

雑用をやらせたら、日暮ほど楽しそうにやる男はいないね。

しかし龍平は、足かけ九年目になる今でも思っていた。

世の中、こうしたもんだろう……


翌朝、《突き鐺》捕縛の話はもう同心詰所に広まっていた。

手口は荒っぽいが、物乞いや夜鷹の端金を狙うしみったれた強盗らしい貧相な食い詰め浪人だったことが、朝の詰所の恰好の話題になった。

同僚たちは龍平に、前夜の《突き鐺》捕縛の経緯《いきさつ》をしきりに訊《たず》ねた。

小男の貧しい風体《ふうてい》や他愛《たわい》なく捕縛された様子、刀が竹光で鐺も柄の半ばから竹棒に繋《つな》いであったことを話すと、みな「やっぱりな」と頷《うなず》いた。

朋輩《ほうばい》の中には、

「ひぐれ、お手柄じゃねえか」

と言いながら、なぜか腹を抱えて笑う者もいた。

しみったれた《突き鐺》の捕縛が、その日暮らしの龍平にはお似合いだぜとでも言いたいのかもしれない。

《突き鐺》の話題が一段落すると、龍平は朝方、南茅場町《みなみかやばちょう》の大番屋へ留置した《突き鐺》の入牢証文《じゅろうしょうもん》請求の文書に取りかかった。

大番屋は牢屋敷《ろうやしき》に収監する前の仮牢で、石出帯刀《いしでたてわき》が代々囚獄《しゅうごく》（牢屋奉行）を勤める小伝馬町《こでんまちょう》の牢屋敷が、現代で言えば刑務所に近い。

捕縛した者を牢屋敷へ収監するには、町奉行の入牢証文が要《い》る。

入牢証文は、町方の請求文書に従って奉行用部屋の手付《てつき》同心が作る。

龍平が書案《しょあん》に向かい筆を走らせていたとき、詰所の下陣から中間《ちゅうげん》が呼んだ。

「日暮さま、柚木《ゆずき》さまがお呼びでございます。日暮さま」

龍平は中間に頷きかえし、訊いた。

「どちらへ」

柚木常朝《つねあさ》は詮議役《せんぎやく》筆頭与力であり、詮議所に詰めている。

しかしこの刻限、詮議所では公事《くじ》の訴えや牢屋敷から護送されてきた囚人の詮議などがすでに始まっている。

「内座の間、でございます」

三

内座の間のある中庭の縁廊下を仕きる障子《しょうじ》に、朝の淡い光が落ちていた。

龍平は障子戸を背に着座し、少し待った。

ほどなく次の間の襖《ふすま》が開き、継　裃《つぎかみしも》の柚木常朝と今ひとり、継裃の詮議役見習与力の鼓晋作《つづみしんさく》が入ってきた。

鼓晋作は龍平と同じ年齢の、詮議役のきれ者と評判の高い与力だった。

瘦身《そうしん》だが役者絵になりそうな白皙《はくせき》の美丈夫《びじょうふ》で、人柄もよく、鼓はいずれ詮議役筆頭に就《つ》く器《うつわ》、などと言われているのを何度か聞いたことがある。

けれども、龍平と鼓との勤めの上での繋がりはほとんどない。

果たしている役目の中身に、開きがありすぎた。

相手は江戸町民の間でも人気の高い町方の中の町方、詮議役与力のきれ者であり、一方龍平は下役同心の、それも雑用がかりの平同心である。

龍平は床《とこ》の間《ま》を背に座った柚木に頭《こうべ》を垂れ、続いて柚木の右手に座した鼓に膝《ひざ》を向け一礼した。

「待たせた」

柚木が四十半ばすぎの能吏《のうり》らしい穏《おだ》やかな口調で言った。

鼓は朝の青い光に似合う清々《すがすが》しい会釈をくれた。

「昨夜、《突き鑓》を召し捕ったそうだな。やるではないか」

柚木は柔和な笑みを龍平に見せた。

「日暮さん、能ある鷹は爪《つめ》を隠す、ですね」

と、それは鼓が言った。

「いえ。相手の技量が拙《つたな》すぎました。飯もろくに食っておらず、足元がふらついて、拍子抜けするほどでした」

「食い詰め浪人か。近ごろ、増えたな」

「各地の米不足が、深刻のようですからね」

鼓が言葉を継いだ。

「多くの者が江戸に食《く》い扶持《ぶち》を求めて集まるが、簡単にはいかぬ。あぶれた者が悪事に走る。御番所《ごばんしょ》がそれらの者を上辺《うわべ》はとり締まっても、悪事に走る元を糺《ただ》さねば鼬《いたち》ごっこだ」

「金《かね》の鋳造が始まるということですが、日暮さん、お聞きおよびですか」

鼓が龍平に言った。

「はい。真文二分金《しんぶんにぶきん》が鋳造されるとか」

「ふむ。ご益金がご公儀の財政をひと息つかせるだろう」

「物の値段があがります。庶民の暮らしは厳しくなるでしょうね」

鼓が柚木へ向いて言った。

「金が世間に出廻って商いや費《つい》えが活発になり売り買いが盛んになれば、庶民の暮らしも自《おの》ずと底あげされる、という考えなのだ」

「ですが金が潤沢に出廻っても、新しい富が急に多量に生み出されるわけではありません。売り買いが活発になったところで、限られた富が移動するだけですから、誰かが豊かになれば誰かが貧しくなる。そういうことですよね」

鼓は、龍平へ同意を求めるように笑いかけた。

龍平は驚いた。

己と同じ年のこの与力は、世の中の動く仕組に気づいている。

ご政道はその仕組に則《のっと》ってたてられるべきなのに、それをしていないご政道を心底で批判しているかに、龍平には聞こえた。

「ところで日暮、おぬしにきてもらったのは……」

柚木が用件をきり出した。

「去年の暮れからこの一月にかけて、柳原堤《やなぎわらづつみ》で物乞いと浪人斬《ぎ》りが三件ばかりあった。日暮が昨夜捕縛した竪川の《突き鑓》とは別の、複数の者の殺しだ。知っておるか」

「いえ。《突き鑓》のことばかり気にかけておりましたもので」

「ふむ。われらも初めは気づかなかった。たまたま《突き鑓》の一連の荒事《あらごと》と時期が重なり、起こった数が違うし、世間の目も《突き鑓》の件を面白がってそちらの方ばかり向いておった」

「それに《突き鑓》は、殺しをやっておりません」

と龍平は言った。

「偶然の通りがかりが物乞いと喧嘩《けんか》になり斬った、そういうことぐらいに見ていた。去年の十二月に物乞いが二人。それから、十日前に侍がひとり。三件目の浮《ふ》浪《ろう》の浪人殺しが起こって、もしや、ということになった」

「同じ、手口なのですか」

「似た徴《しるし》がある。鼓、おぬしの方から話せ」

龍平を見つめる鼓の目が鋭く光った。

「微は四つあります。柚木さんが申されたように、三件とも柳原堤で起こっている。複数の者が寄ってたかって斬殺している。斬り口から見ると三人か、それ以上。金は奪っていない」

龍平は昨夜の貧相な《突き鐚》強盗を思い浮かべつつ、頷いた。

「四つ目は三件の殺しのあった夜更け、柳原堤の小屋に住んでいる物乞いらがこぞって、堤を駆《か》けていく男らがあげる奇声を聞いている。暗いので正確な人数までは不明です。大勢見た、と言う者もおります」

「奇声と言いますと、どんな？」

「何を叫んでいるのかは知れません。ときどきひとりずつ声をかけ合うことがある。いち、じゅう、まん、とそう聞いたという物乞いがいます。それで男らは三人で、おそらく若い侍ではないかと」

「一、十、万、ですか」

そのように聞こえたと……と鼓は繰りかえした。

「柳原堤の物乞いらは、奇声が聞こえるときは物騒なので小屋から出ないそうです。夜鷹の中には、奇声が聞こえなくなるまで、物乞い小屋に身を隠す者もいると聞いています」

柚木が、ふうむ、と吐息をもらし腕を組んだ。

「念のために申しておきますが、その者らが三件の殺しに手を下したと決まったのではありません。証拠がないし、斬るところを見た者もいないのです。それは頭に入れておいてください」

あ？　はい——と龍平は戸惑った。

鼓の言い方が、この一件の掛《かかり》を龍平が務めるような口振りだった。

すると柚木が補足するかのように言った。

「日暮、今朝、お奉行と話してな。この一件、おぬしの掛に決まった」

お奉行とは、北町奉行永田《ながた》備前守《びぜんのかみ》である。

この刻限の四ツから八ツ（午前十時から午後二時頃）まで町奉行は登城し、奉行所にはいない。

「これまでの掛は廻り方の南村《のうむら》だ。だが、南村のことは気にするな。お奉行の方から話される」

「南村さんは、日本橋《にほんばし》の御用願いの勤めに熱心で、物乞いや浮浪の浪人などが斬られようと、あまり関心がおありではない」

鼓が批判めいた口調で言った。

御用願いとは、有力商家や町人が特定の町方役人に表向きは御用の見廻りを願い出、実情は町方役人との結びつきを持ち、もめ事や不祥事が起こった場合に便宜を図ってもらうのである。

当然、謝礼が要る。

南村種義《たねよし》は、その御用願いを幾つも抱えて忙しいということなのだ。

「柳原堤で訊きこみをしていろいろ明らかになってきました。これは奇妙な殺しです。理由がわからない。もっと調べる必要があります」

「しかし鼓は詮議所の仕事を抱えており、ずっとこの一件にかかわっているわけにはいかないのだ。日暮にやらせよと、お奉行のお言葉でもある」

「是非、日暮さんにお願いしたいのです。情実や己の都合によって勤め方を変えているのでは、見えるものも見えてきません。何よりも公正さに欠ける」

「承知、いたしました」

龍平は短く応えた。

鼓の鋭い眼差しが、そこで少しそれた。そして、

「それから、これは一件とかかわりはないのかもしれませんが……」

と続けた。

「日暮さんは、送り連《れん》をご存じですか」

「女義太夫の、送り連ですか」

さよう――と深く頷いた。

「神田豊島町《かんだとしま》の藁店《わらだな》に《黒雲亭《くろくもてい》》という寄席《よせ》があります。客が二十人も入ればもうすし詰めになる、小さな小屋です」

江戸に寄席の数が七十五軒ほどあると聞いている。

寄席は、夜間開場を主とし、落語、講談、影絵、義太夫、豊後《ぶんご》、新内《しんない》、手品など、昼間の仕事をすませて楽しみにくる職人連中を客層にして、寛政《かんせい》（一七八九～一八〇一）のころから人寄せ場として着実に数を増やしている。

「黒雲亭は、三年前、波野黒雲《なみのこくうん》という芸人が開いた寄席で、あまり流行《はや》ってはいないのですが、ある芸人が高座にあがるときだけ、毎回客が一杯になって小屋に入りきれず、路地にも町内の辻にもあふれるのだそうです」

「女義太夫の、楓《かえで》参《さん》と染之介姉妹ですね」

「さすが、話が早い。姉妹の浄瑠璃《じょうるり》を聞かれたことはありますか」

「いえ。今江戸で一番人気の女義太夫姉妹と、評判を聞いただけです」

「わたしは一度聞きました。なんとも物悲しい語りだった。年若い女芸人が、なぜあれほど心を抉《えぐ》る語りができるのか、不思議なくらいでした」

鼓は一瞬、うっとりと視線を泳がせた。しかしすぐに眼差しを戻し、

「それに、客の熱狂ぶりも凄《すご》かった。楓姉妹の送り連が幾つもできており、その送り連の連中が姉妹が高座にあがる夜は昂揚《こうよう》して騒ぐものですから、近所の苦情も再三出ているのです」

と冷静に言い添えた。

「女義太夫のひいきは侍が多いため、町《ちょう》役人の抑えもあまり効果がないと聞きましたが」

確かに女義太夫には侍のひいきが多い、と鼓は続けた。

太平の世、浄瑠璃読みは元禄《げんろく》（一六八八～一七〇四）のころから教養階層の侍を中心に浸透していた。

人形浄瑠璃は廃《すた》れたものの、寛政以後に生まれた寄席の高座で、女義太夫の浄瑠璃語りが、その侍層を中心に熱烈な好《す》き者《しゃ》を生み、見世物《みせもの》芸として新たに甦《よみがえ》ったからである。

文化《ぶんか》（一八〇四～一八一八）の初め、女義太夫は禁令を申し渡された。

だが、好き者の侍たちの女義太夫熱は冷めなかった。

四年前、女義太夫が再び許されると、たちまち寄席の高座になくてはならない演目になった。

女義太夫に魅せられた侍たちは仲間同士で連を組み、高座の務めを終えたひいきの女義太夫を、連の名を記した提灯《ちょうちん》を連《つら》ね派手派手しく宿まで送る。

鼓は膝を乗り出した。

「偶然かもしれませんが、黒雲亭で楓姉妹の高座があった夜、すなわち、楓姉妹の送り連が騒いだ夜更け、柳原堤の物乞いや浪人が襲われているのです」

龍平は頷いた。

「もしかして、物乞いらが聞いた堤を駆ける男らの奇声は、送り連が昂揚を引きずって柳原堤まで流れてきた騒ぎ声と、推量できないでしょうか」

好き者の侍。大いにあり得る。

しかし……

龍平は応えた。

「食い詰め浪人の金目あてではなく、好き者の侍だとすると、どんな相手が出てくるか見当がつきません。町方の手に負えない場合もあり得ます」

「だとしても、われら町方として、斬られた者が物乞いであろうと浮浪の浪人であろうと、そんな無法が跋扈《ばっこ》しているのを見すごすことはできません」

鼓は語調を強めた。

「心得ました。早速……」

調べにかかりますと、龍平は応えた。

四

龍平が最初に向かった先は、神田竪大工町《たてだいく》の《梅宮》だった。

人宿《ひとやど》《梅宮》は乞食橋《こじき》から竪大工町へいく新道に間口五間《けん》（約九メートル）の店を構えている。

「やあ、旦那。お疲れさまでございます」

踏み台に乗って、働き口の条件を記した新しいちらしを壁に貼《は》っている寛一が振りかえった。

「うん。夕べはご苦労だった。くたびれたか」

「そんなことありません、平気でさぁ」

「若さだな」

寛一は今年十八歳。人宿・梅宮の主人宮三のひとり息子で、三年前から、宮三に続いて龍平の手先を務めている。

新道に《口入れ梅宮》と記した腰高障子《こしだかしょうじ》を両開きに開いた店土間には、仕事を探す数人の男女が壁のちらしを読んでおり、顔見知りの使用人が「どうも」と愛想のいいお辞儀《じぎ》をした。

「親分はご在宅か」

「昼前の書き入れどきが一段落したんで、奥で一服つけてるんでしょう。どうぞ……お父《と》っつあん、親分、旦那がお見えです」

寛一は踏み台をおり、奥へ声をかけつつ先に立った。

人宿・梅宮の主人宮三は、龍平が幼いときから実家の沢木《さわき》家に渡りの奉公人を周旋していた口入れ屋である。

龍平がまだ幼かったころ、稲荷小路の屋敷へ顔を出すたびに、

「坊っちゃんは見どころがある。末が楽しみだ」

と、なぜかとても可愛《かわい》がられた。

龍平も父親七郎兵衛を口真似《くちまね》て、宮三を《梅宮の親分》と偉そうに呼び、子供のころから梅宮の家族のように神田の店に気安く出入りしていた。

二十三歳の年に日暮家への婿入りの話がきたときは、

「さすがは坊っちゃん、これから町方は花形ですぜ」

と、一番喜んでくれたのが宮三だった。

町方に就いた当初、馴れない仕事に戸惑う龍平を、口入れ稼業の人脈を使った働きで随分《ずいぶん》助けてくれたし、今でもそれは変わらない。

ときには耳目となり手先となり、また相談役の知恵袋ともなる、宮三は龍平の有能な右腕だった。

その宮三が煙管《キセル》の灰を灰吹きにこつんと落とし、居ずまいを正した。

「これはこれは旦那、おいでなさいまし」

「夕べはやっかいになった。くたびれただろう」

「大《で》えじょうぶですよ。まだ年寄り扱いはさせませんぜ」

宮三はにやにやして応えた。

「ただ野郎があんまり不甲斐《ふがい》ないんで、呆《あき》れるより哀れになっちまって」

龍平は苦笑いを浮かべた。

「と言って、見逃してやるわけにもいきませんしね」

裏庭の板塀わきの棚に並んだ盆栽に、昼前の春の日が落ちている。

生まれも育ちも神田のちゃきちゃきの小柄なおかみさんが、

「おいでなさいまし」

と茶を運んできて、昨夜の《突き鑓》捕縛の一件や子供たちの話題にひとしきり花が咲いた。

そのおかみさんがさがった後、宮三が早速、気を利かせた。

「で、次の仕事ですか」

「ふむ。今日も寛一の手を借りたい」

「合点、承知でさあ」

寛一が威勢よく言った。

「今度は殺しだ。それも相手はひとりじゃない。間違いなく、《突き鑓》より手強《ごわ》いだろう。それと親分に探ってほしいことができた」

「へい。どんな調べで……」

宮三が声を潜《ひそ》めた。

「女義太夫のことだ。楓参と染之介姉妹の評判は聞いているか」

「お参染之介と言やあ、今江戸で一番名の知られた女義太夫姉妹ですぜ。高座を見たことはありませんが」

「あっしは見たことがある。《吹貫《ふきぬき》》で」

「ふきぬきたあ、なんだい」

「寄席だよ、親分。池之端《いけのはた》にある」

寛一は龍平の手先を務めている間は、父親の宮三を親分と呼んでいる。

「じゃあ、ひいきの送り連のことは知っているか」

「知ってるも何も、お参染之介のひいきの連中が騒ぎましてね。ひいき同士で喧嘩まで始めちまって、えれえ熱い連中だった」

五

そんなら問いたいことがある。自害すると首く〻るとは、さだめしこの喉《のど》を切る方が、たんと痛いでござんしょの……。

竪大工町から豊島町の藁店へ向かう道々、龍平は昔読んだ近松《ちかまつ》の浄瑠璃本《心中天網島《しんじゅうてんのあみじま》》の女郎小春《こはる》の台詞《せりふ》を、繰りかえし呟《つぶや》いていた。

たんと痛いでござんしょの……

その上方言葉《かみがた》を呟くと、見たこともない浪花《なにわ》は曾根崎新地《そねざきしんち》の女郎屋の街路が目に浮かんでくる。

十代の終わりごろ、上野広小路《うえのひろこうじ》の岡場所で、部屋住み仲間らと有り金をはたいて、白粉《おしろい》を塗りたくった年増《としま》女郎を買ったときの、薄暗い行灯《あんどん》の照らす赤い長襦《ながじゅ》袢《ばん》とぼろ座敷が甦ってもくる。

甘酸《あまず》っぱく少し気恥ずかしい、若き日の思い出だった。

「なんです、旦那」

従う寛一が、龍平の呟きに訊《き》きかえした。

「独り言さ。それより寛一」

萌黄《もえぎ》のちょっと派手な羽織《はおり》の裾を翻《ひるがえ》し、寛一が「へい」と応えた。

「楓参と染之介の高座の話を、聞かせてくれ」

二人は九軒《くけん》町から、小泉《こいずみ》町の通りをとっていた。

「そりゃあもう、いいんでさあ。話の筋はよく覚えてねえが、道行《みちゆき》のとこであっしは、泣けて泣けて」

ふんふん……と龍平は頷いた。

「特に染之介の語り口が澄んでましてね。絞る声の初々《ういうい》しさが、堪《たま》らねえんでさ。姉のお参は低い語り口で、三味線《しゃみせん》をこう弾《ひ》きながら、染之介の引きたて役みたいに渋く抑えてるんです」

肥後《ひご》の細川《ほそかわ》さまの門前をすぎて、豊島町内へ入った。

「姉妹の謡《うたい》が同時に始まると、うおおっ、て喚声が客の間からあがるんでさあ。それに姉妹とも器量がいい、ときた。姉のお参は年増の美形、妹の染之介は愛くるしい童女みたいなんですよ」

豊島町の狭い小路をたどり、木戸の番小屋の前をすぎ路地へ折れる。

子供たちがどぶ板を踏み鳴らして走り抜け、井戸端で賑やかに喋《しゃべ》りながら洗濯をしているおかみさんらが、定服《じょうふく》の龍平と寛一に頭をさげ、声を潜めた。

その裏店《うらだな》の奥の行き止まり、黒雲亭と筆文字の軒提灯《のきぢょうちん》が二つさがった表の油《あぶら》障子が閉じてある。

「ここだな」

寛一が障子戸へ走り寄った。

「ごめんよ。ご亭主はいらっしゃいますか」

応答はないが、中でぶつぶつと声が聞こえている。

寛一はしばらく待って油障子の表戸をそっと両開きにした。

狭い落ち土間と、仕きりの腰障子が開いている琉球畳《りゅうきゅうだたみ》の四畳半があった。四畳半の左側に畳敷きの部屋がもうひとつ続いて、奥に高座が見えた。高座では長髪を袖なし羽織の肩に垂らし、鼻髭《ひげ》を生やした講釈師が見台《けんだい》を前に調子よくうなっている。

「正成《まさしげ》これを最後の合戦と思ひければ、嫡男正行《まさつら》が今年十一歳にて……」

ぶつぶつと聞こえていた声は太平記《たいへいき》読みだった。

仕きりの襖をとり払った二つ続きの部屋が、二十人ほども入ればすし詰めになる客席になっているらしい。

高座の前に町内の隠居ふうの男の背中がひとつ、ふむふむと頷きながら太平記に聞き入っていた。

客席には隠居と、敷居の柱に凭《もた》れているいがぐり頭の男の二人だった。

男が戸口に立った龍平と寛一をふり向き、「おや」という顔を向けた。

「ご亭主は、いらっしゃいやすか」

男が枯れた笑みを浮かべ、「これはこれは」と立った。

年のころは五十代半ばすぎ、いがぐり頭が白い物のまじるごま塩になり、鴨居《かもい》に届く長身にめくら縞《じま》を着流し、柿《かき》色の布子《ぬのこ》の半纏《はんてん》を羽織っていた。

「失礼いたしました。亭主の波野黒雲でございます」

男が四畳半のあがり端《はな》に膝をついて、幅の広い肩をすぼめた。

「北町の日暮と言います。御用の筋でちょいと話をうかがいたい」

「ご苦労さまでございます。どうぞ、おあがりください」

表戸に近い四畳半奥の鉤《かぎ》型になった落ち土間に、竈《かまど》、水瓶《みずがめ》、流し、壺《つぼ》や皿茶碗の食器棚が並び、火鉢にかけた鉄瓶《てつびん》が湯気をたてていた。

黒雲が鉄瓶から白湯《さゆ》をくみ、盆に載せて龍平と寛一の前に置いた。

「端女《はしため》を雇《やと》う、余裕がございませんで」

黒雲がごま塩頭をさすった。

龍平は黒雲と対座し、高座に顔を向けた。

「手ごろな広さで、客が寛《くつろ》いで楽しめそうな、いい寄席ですね」

高座は高さがおよそ二尺（約六〇センチ）、畳一枚分ほどの広さだった。

熱演が続いている講釈師の両脇に、蠟燭《ろうそく》立てがたっている。

夜になると蠟燭に火が入る。

高座のわきに小さな潜戸《くぐりど》があった。

「あちらは背戸口（裏口）ですか」

「はい。じつは裏にもう一軒、狭い店《たな》を借りておりまして、わたくしはひとり、そちらで寝起きいたしております」

「ほう、おひとりで」

「夜は通いの婆《ばあ》さんに手伝ってもらってますが、昼間は、大道芸の芸人らがああやって好き勝手に演《や》っておりますのを、わたくしは見ているだけで」

黒雲は高座の太平記読みの方へ目をやった。

「大道芸の。それで……」

この入りですかと言いかけて、止めた。

「雨天でなければ、秋葉《あきば》の原《はら》で朝の四ツ（午前十時頃）ごろから夕暮れまで、葦《よし》簀《ず》を囲った小屋がけの大道芸が、毎日見られます」

と黒雲は腕組し、枯れた笑みを消さずに言った。

「そういう芸人が、ときどきここでも演らせてくれときましてね。どうせ昼間は客も集まりませんから、使わせております。たったひとりの客でも芸を披露して、腕を磨くのです。投げ銭があれば儲《もう》けものです」

「木戸銭は」

「演目により異なりますが、二十四文《もん》から三十二文ほどを、いただいております。むろん昼間はいただきません」

「夜の開場は、何刻《なんどき》ごろですか」

「六ツ（午後六時頃）でございます。と言っても、客の入りは代わり映《ば》えしませんがね」

　と黒雲はそこで乾いた笑い声をあげた。

「女義太夫の楓姉妹がこちらの高座にのぼるときは、客があふれるくらいだとうかがっていますが」

「はいはい。楓参と染之介ですね」

　黒雲は心得顔で二度三度と頷いた。

「しかし、楓姉妹は今、江戸一番人気の女義太夫ですから、毎日うちの高座にというわけにはまいりません。寄席のみならず、ひいきのお座敷から声がかかりますので、それをこなすのに身体《からだ》が幾つあっても足りないほどで」

　それに……と黒雲は皺《しわ》を眉間《みけん》に寄せた。

「楓姉妹にはえらく熱心なひいきが多《おお》ございましてな。ひいきで席が埋まるのはありがたいのですが、高座が終わった後は必ず、表の狭い路地や木戸の外で客同士が気勢をあげて騒ぐのです。それが近所迷惑で困っております」

「送り連、とかですね」

「はい。いくら好きでもそこまで熱くなるのかと、端《はた》から見ておりますとおかしくもなりますが、ひいきとはそういうものでございましょうかな」

「ほかの女義太夫の場合でも、同じですか」

「流行りでございますのでね。しかし楓姉妹にはとうていおよびません」

「送り連は侍が多いと、噂《うわさ》に聞いています」

「噂ではございません。ほとんどが若いお侍で。中には刀を抜いて気勢をあげるお侍方もいて、危なくて町役人も止められません。御番所でどうにかしていただければと思うのですが」

「そのためには町方が楓姉妹の高座の後について廻らないといけませんね」

「はは……ごもっとも。そういうわけにもまいりませんな」

ふと、龍平は黒雲が侍ではないかと思った。

一瞬だったが、この痩せた初老の男には隙がないと気づいたのだった。

しかし龍平はすぐに、どちらでもいいことだと思い直した。

「一、十、万とか、そんなかけ声をあげる送り連はいませんか」

「一、十、万？　なんですか、それは」

「そういうかけ声を、聞いたことは」

「さて、一、十、万……妙なかけ声ですな」

黒雲は思いあたらないふうだった。

「ところで、楓姉妹の送り連はどれくらいあるのですか」

「連の数まではわかりかねます。寄席をやっておりながら、わたくし、ごひいき筋のことはあまり詳しく存じあげませんもので」

「どなたか、送り連に詳しい方はいませんか。黒雲さんがご存じなくとも、送り連について詳しそうな方を紹介してもらえるとありがたい」

「楓姉妹の送り連に、なんぞ曲事《きょくじ》がございましたか」

黒雲が首をひねりつつ訊いた。

「たいしたことではありません。送り連が騒いで困るという苦情や訴えが御番所にも届いているので、念のため調べているだけです」

龍平は柳原堤の件は伏せた。

「そういうことでございましたら……」

黒雲は膝に置いた手を遊ばせながら、眼差《まなざ》しを宙へ投げた。

「築地《つきじ》に、江戸勤番のお侍方が作っている《鉄砲洲連《てっぽうず》》という楓姉妹の送り連がございます。長澤類《ながさわるい》というお侍が中心になっておられ、送り連の裏表をよくご存じですから、長澤さんにお訊《たず》ねになれば、何かわかるかもしれません」

「築地の《鉄砲洲連》、ですね」

「少しくせはございますが、本当の意味での好き者でいらっしゃいますので」

そのとき、高座脇の潜戸がことりと開くのが見えた。

黒雲と同年輩の男の顔がちらりとのぞき、黒雲と頷きを交わし、龍平に一瞥《いちべつ》をくれてすぐ引っこんだ。

「どなたか、ご来客のようですね」

「ええ、まあ。ちょっとした知り合いで」

知り合い？　もしも黒雲が元は侍だったら、そのころの知り合いか。

龍平は訝《いぶか》った。だが、不審なことはない。

と、そこで今度は表の腰高障子が勢いよく開いた。
四、五人のおかみさんたちが、「お邪魔するよ」と入ってきた。
「貞宝《ていほう》さん、見にきてあげたからね」

おかみさんたちは、高座の講釈師に言いながら、どやどやとあがりこんだ。

おかみさんたちが隠居の隣を占めると、講釈師の声に一段と力がこもった。

「古《いにしえ》より今に至るまで、正成ほどの者は未だなかりつるに……」

六

長澤類は、太った大きな身体を持てあましているように見えた。

細い目を糸のように細めて笑い、春先の肌寒い季節なのにむっちりと肉のついた白い頰《ほお》や額の汗を絶えず手拭《てぬぐい》でぬぐっていた。

「八丁堀同心と直《じか》に話ができるのは嬉《うれ》しいなあ。十手を見せてくださいよ。八丁堀同心の十手は朱房がついてるんでしょう。わたしが八丁堀同心と話して十手にも触ったと言うたら、みんな羨《うらや》ましがるやろなあ」

二十七歳という長澤は、上方訛《なま》りで言いつつ好奇心たっぷりの目付きで龍平と寛一を見廻した。

そこは本湊町《ほんみなと》の《鉄砲洲連》が溜《たま》り場にしているという煮売り屋だった。

黒雲に教えられた摂津尼崎《せっつあまがさき》藩松平《まつだいら》家の築地上屋敷を訪ねると、よく太った身体をゆさゆさとゆらし、長澤が表門に現れた。そして、

「連のことやったら、藩邸でははばかりますんで……」

と小声になり、鉄砲洲稲荷に近いこの煮売り屋で待つように言った。

夕七ツ半（午後五時頃）前の外はまだ昼間の明るさがわずかに残り、夜の開店をしたばかりの店内も客は龍平と寛一と長澤の三人だけだった。

長澤は茣蓙《ござ》を敷いた長床几《ながしょうぎ》をみしみしいわせ、雇いの女が運んできた二合徳利《とつくり》の燗酒《かんざけ》に喉《のど》を鳴らし、甘辛く煮た里芋の煮物を勢いよく頬張った。

「楓姉妹の送り連は仰山《ぎょうさん》できてますよ。けど、その中でわれわれ《鉄砲洲連》が楓姉妹の芸を一番わかってるんやないかなと、自負してます」

長澤はそう言って肩をそびやかした。

「なんせ、上方は文豪近松を生んだ人形浄瑠璃の本場ですからね」

三年前、楓姉妹が初めて神田藁店の黒雲亭の高座にあがり浄瑠璃を語った直後に仲間の勤番侍らと《鉄砲洲連》を結び、楓姉妹のひいきではもっとも古い送り連なのですとも、自慢げに語った。

「楓姉妹は関八州《かんはつしゅう》を廻る旅芸人の子で、親方が亡くなり一座が仕舞《しま》ったとかで江戸に出てきたらしいんです。生国《しょうごく》も親がどんな芸人やったかも知れないし、とにかく素性のようわからん姉妹ですねん」

それから、長澤は額や首筋の汗をぬぐい、

「そのようわからん、秘密に包まれた神妙《しんびょう》なところが楓姉妹のまたそそるところなんですよ」

龍平は長澤の言葉を遮《さえぎ》って訊いた。

「《鉄砲洲連》の仲間は、何人くらいで？」

「全員が揃《そろ》たら、三十人以上は集まりますね。最高に集まったのが、去年の暮れの黒雲亭の高座にあがったとき、三十七人集まりましたから」

「三十七人も、あの狭い路地にね」

「表通りにまで、仲間があふれましたよ。楓姉妹を送るときは、われわれ《鉄砲洲連》が姉妹のすぐ後ろを占めるのが暗黙の了解なんです」

長澤は目を細めた。

それが得意なのだろう。

「楓姉妹の宿は本所《ほんじょ》の石原《いしわら》町ですから、姉妹を頭に幾つもの送り連が連なって、みな提灯を提げて遠くに見える夜の両国橋を渡るのは壮観ですよ」

「送り連の中には、数名の連もあるのでしょうね」

「そりゃあ、ありますよ。むしろ、鉄砲洲のような大所帯の伝統ある送り連は数から言うたら少数派です」

「たぶん、三、四人だと思いますが、一、十、万、と声をかけ合うような連は知りませんか」

龍平の問いに、長澤は妙な顔になって盃を途中で止めた。

それから短い間を置いて盃を呷《あお》り、煮魚を箸でつついた。

「いち、じゅう、まん、ね……ふんふん」

と思案を廻らし、しきりに頷いていた。

煮売り屋の障子戸を開ける客が増え、店の中は賑《にぎ》やかになってきた。

雇いの女が煮物や酒の徳利を、かちゃかちゃ鳴らしながら運んでいる。

「わかりました」

長澤が、つついた魚の身を口へ運んだ。

「それは、一、十、万やのうて、飛《ひ》、龍《りゅう》、魔《ま》、のことやと思います。確かに、あの連中のかけ声が、いち、じゅう、まん、と聞こえんこともありませんね」

「ひ、りゅう、ま?」

「そうです」

長澤が口をもぐもぐと動かしながら頷いた。

半年ほど前にできた楓姉妹の送り連で、《飛龍魔連》という連だった。

人数は三人。いずれも公儀旗本の家の者だという。

「己らを、飛剣、龍剣、魔剣の奥義《おうぎ》を極めた侍と称して、送り連の中でも去年の暮れごろから急に目だち始めた連中です」

けど……と長澤は脂のついた唇を尖らせた。

「《飛龍魔連》は、ちょっと性質《たち》が悪いですね」

「性質が悪いとは？」

「楓姉妹のひいきはひいきでも、興奮の程度が異常なんですよ」

寛一が傍らから長澤の盃に酌《しやく》をした。

「高座が終わった楓姉妹を待つ間やら宿まで送った後に刀を抜いて、飛、龍、魔、と叫んで互いにかんかん火花散らしながら熱狂するんです。腕に自信があるんやろうけど、抜き身を振り廻すから周りが危《あぶ》のうてね」

黒雲が連の中には刀を抜いて気勢をあげる侍もいると言っていたのは、その《飛龍魔連》のふる舞いのことかもしれない。

「なんぼひいきでも人に怪我させたら、楓姉妹が役人に咎《とが》められることになりかねん。われわれ正統派送り連は楓姉妹に迷惑をかけんよう、連同士で戒《いまし》めるんですけど、あの連中はそういうことはおかまいなしですからね」

「熱狂するのに任《まか》せている」

「そうなんです。こっちが注意したら、いなか侍、いつでも相手するぞ、言うて逆に喧嘩売ってくる始末で……」

言いながら、長澤は酒で赤らんだ顔をしかめた。

「己らが江戸者やから、国から出府《しゅっぷ》してるわれわれをいなか者と見下《みくだ》してるんですよ。要するに、己らさえ楽しけりゃあそれでええという連中です」

「楓姉妹を送った後、送り連はどうなるんですか」

「われわれはたいていこの店に集まって、その日の楓姉妹の語りのでき栄えについて話し合《お》おたり、以降の楓姉妹がどこの高座にいつあがるかとか、その日は用事でいけんとかいけるとか、そんな打ち合わせをわいわいやってます」

「《飛龍魔連》の溜り場は、あるんでしょうか」

「さあ、どうかな。今さっき興奮して喚いてたんが、急にぷいと姿が見えんようになったりしてね」

「けど旦那、その連中が大人しく引きあげるとは思えませんね」

と寛一が龍平に言った。

長澤は寛一の盃に二合徳利を差しかえした。

「確かめたわけやありませんが、柳原堤で真夜中に《飛龍魔連》らしき連中が、犬の遠吠《とおぼ》えみたいな奇声をあげて騒いでるのを見たことがある言う者が、いましたけどね」

「柳原堤を？　誰が見たんですか？」

「誰やったかな。去年の暮れの、楓姉妹の送りの後でしたね。けど見たのはひとりではなく、何人もいましたし、それも一度や二度ではなく」

龍平は、三つの黒い影が楓姉妹を送った興奮を引きずって、両国橋を戻り、夜の広小路を抜け、浅草御門《あさくさごもん》をすぎ、柳原堤を駆ける姿を思い描いた。

両国の酒屋をたたき起こし、一升徳利などを廻し呑《の》んだりしつつ、興奮に任せて、飛、龍、魔、と喚き、刀を打ち合わせ、火花を散らす。
一、十、万、かと、龍平は苦い酒を呑んだ。
「《飛龍魔連》の、三人の侍の名前はわかりますか」

「もちろん、わかりますよ。悪いけど、どういう連中か調べさせてもらいましたからね。連中はね、楓姉妹の送り連をしてとにかく騒ぎたいんです。われわれ正統派送り連とは、似て非なる邪道なんです」

煮売り屋の腰高障子に差していた夕方の明るみは、とうに消えていた。

いつの間にか狭い店土間は客が肩が触れ合うほどたてこみ、煮物の甘い匂いと客たちのざわめきに包まれていた。

そんな中で、

「あんな連中のために、楓姉妹の送り連の評判が悪うなって、われわれも迷惑してるんです。心ある送り連は……」

と長澤類の《飛龍魔連》への非難が続いた。

七

その夜、亀島町の組屋敷に戻ったのは四ツ（午後十時頃）近くになってからだった。

同心の組屋敷に玄関はない。

表戸より台所へ続く土間から板敷へあがった龍平に、板敷で裁縫をしていた麻奈が、訊いた。

「お食事は、どうなさいます？」

「すまん。すませてきた。ちょっと酔った」

麻奈は残り火が台所をほのかに暖める竈《かまど》にかけた鉄瓶の湯を急須《きゅうす》にくみ、龍平に茶の用意をしていた。

龍平は大小二本を板敷に置き、胡坐《あぐら》をかいて、ふう、と息を吐いた。

麻奈の艶《つや》のある肌に薄く朱の差した横顔が、くすりと笑った。

龍平が酒に強くないことを、知っている。

赤い花模様の小さな着物の縫いさしが置いてある。

「これは菜実の着物か」

「はい。竈の火が暖かいので、ここで縫っておりました」

「俊太郎も菜実も、もう寝たよな」

「とっくに」

「父上と母上は」

「たぶんもう、休んでいるかと思います」

麻奈が龍平の前に湯気のたつ茶碗を置いた。

ほの暗い行灯の明かりに島田が艶《あで》やかだった。

亀島小町——と麻奈は娘のころ言われていた。

童女のころから浜《はま》町の儒者佐藤満斎《さとうまんさい》先生の私塾に通う学問好きで、龍平と一寸《すん》

（約三センチ）ほどしか違わぬほど背が高いことから、娘時代は亀島小町は身分が低いのに頭《ず》が高いとからかわれていたそうだ。

けれども、麻奈の学問好きが龍平と夫婦《めおと》になる遠因を作ったし、あの頭の高い亀島小町が見初《みそ》めたのだから《その日暮らしの龍平》もどこぞ見こみがあるのかもしれんと、妙に穿《うが》った認め方をする先輩同心もいる。

「ひ、りゅう、ま。いち、じゅう、まん。麻奈、同じに聞こえるか」

龍平は茶をひとすすりしてから、戯《たわむ》れのように言った。

麻奈は裁縫の続きにかかっていて、おかしそうに龍平を見た。

何を仰《おつしや》りたいのです、とそんな感じである。

「もう一度、仰ってください」

だからさ――と龍平は繰りかえした。

「気にかけて聞くと同じには聞こえません。でも気にかけていなければ同じに聞こえることがあるかもしれませんね」

麻奈は裁縫の手を動かしながら応えた。

「柳原堤で辻斬りがあってな。何人かの侍がひとりの物乞いを襲ったんだ」

「まあ、ひどい」

「物乞いが襲われた同じころ、柳原堤で、一、十、万、という叫び声を聞いた者がいる。別のあるところで、飛、龍、魔、とかけ声をかけて気勢をあげる連中がいた。三人の侍だ。同じ連中かもしれん。今、それを探っている」

「なんのために、物乞いを斬ったのですか」

「さあ、なんのためかな。世の中で一番弱い者らだからかもしれん」

「侍が、そんなことを……」

麻奈の白い指が、素早く運針している。

「龍平さん、戻っていたかね」

廊下の襖が開き、丹前《たんぜん》を肩へだらりとかけた舅の達広が顔をのぞかせた。

「あ、父上、先ほど戻りました」

龍平は居ずまいを正した。

「いい、いい、そのままで。本を読んでいたらやめられなくなってね。龍平さんのご機嫌な声が聞こえたから。麻奈、おれにも茶を一杯もらえるかい」

麻奈が、「はいただ今」と土間へおりた。

舅の達広は龍平を、婿養子に入って足かけ九年になる今でも《龍平》ではなく《龍平さん》と呼ぶ。

身軽でさらりとしたこのふる舞いが、八丁堀同心として生きてきた達広という人物の、流儀なのだろう。

「そんなに面白い本ですか」

「近松の浄瑠璃本だよ。若いころ読んだのを読みかえしてみたんだが、近松物はやっぱり面白いね」

「ああ、近松を……」

龍平の脳裡を、《心中天網島》の台詞がよぎった。

たんと痛いでござんしょの……

ふと龍平は、元同心としての達広の考えを、聞いてみたくなった。

達広は隠居してからは月代《さかやき》を剃《そ》らず、ふさふさとした白髪を総髪にし、一文字の髷《まげ》を結っている。それが、達広の中背の痩身に似合っていた。

「父上、ひとつ、うかがってよろしいですか」

「なんだい」

達広は麻奈が出した茶碗をゆっくり口に運んだ。

「今朝、奉行所で詮議役の柚木さんと鼓さんに呼ばれましてね」

龍平は、今朝の奉行所より始まって、神田嚢店黒雲亭の波野黒雲、築地の《鉄砲洲連》の長澤類を訪ねた今日一日の出来事をかいつまんで話した。

「それで明日、奥田淳三郎《おくだじゅんざぶろう》を訪ねてみようと思っているんです」

奥田淳三郎は公儀新番組《しんばんくみがしら》頭奥田家の部屋住みの身で、「《飛龍魔連》の頭格《かしら》はそいつです」と長澤類から聞いたのだった。

「ほう。そいつぁ物騒な一件だね」

「相手は新番の組頭の家ですから、町方がいっても追いかえされるだけかもしれません。と言って、お奉行より新番の頭を通して奥田淳三郎の調べ願いを依頼するほど、確かなことは何もわかっていないのです」

「ましてや、その奥田淳三郎に訊ねたい筋が女義太夫の送り連についてとくりゃあ、相当軟派な内容で、小っ恥《こっぱ》ずかしくなるな。ははは……」

と達広は笑った。

「難題は、《飛龍魔連》と柳原堤の物乞い斬りとのかかわりです。確かな証拠は何もないのに、迂闊《うかつ》なことを訊けませんし」

「この不浄役人が無礼者と、一刀両断にされるかもしれないね」

「そうですね。ふふ……」

と、麻奈も笑った。

全く心配していない。なんという父娘だ。しかし、龍平も少しおかしい。

「龍平さん、柳原堤の一件はその《飛龍魔連》が怪しいという疑いを持っているのなら、町方らしく泥臭いやり方であたってみて、駄目なら砕けるしかないね」

達広の表情は、どこまでも和やかである。

「斬られたのが物乞いだからって、調べを軽んじたり手を抜いたりしちゃあ腰の十手が錆《さ》びつくよ、ははは……」

達広の言うとおりだった。

これは町方の一件なのだ。

疑わしい相手が、新番だろうと旗本だろうと、身分の壁に怯んでいてはなんのための町方役人なのだ。

それじゃあ、名もなき庶民はやってられない。

八

駿河台下の奥田帯刀《たてわき》屋敷の表門は、欅《けやき》の下で静まりかえっていた。

九尺（約二・七メートル）幅の玄関に応対に出てきた若党は、町方役人とすぐにわかる定服の龍平と、萌黄の羽織に裾端折《すそはしょ》りの手先らしい寛一を見て戸惑った。

相応の客なら、すぐ主人にとり次ぎ、客座敷へお通しせよとなる。だが、身分の低い町方役人が、公儀新番組頭の屋敷を訪ねるのに相応《ふさわ》しい客とは言えなかった。

とは言え、江戸の治安にかかわる町方役人を無視もできない。長男克巳《かつみ》に家督を譲り、すでに隠居の身の帯刀は、日暮龍平と名乗る北町奉行所同心が、部屋住みの倅淳三郎に用があると聞き、少し不安になった。

長い間待たされた後、龍平はひとり客座敷に通され、茶が出た。ほどなく、渋茶の袷《あわせ》を着流しただけの帯刀が中庭に面した縁廊下《えんろうか》より現れ、黙って上座に座った。

対応がぞんざいなのは、龍平が相応の客ではないからである。

龍平は畳に手をつき、改めて名乗った。

「奥田帯刀だ。淳三郎に御用とうかがったが、どのような」

五十をすぎた年ごろだろうか。帯刀は太平の世の長い番方勤めで身につけた尊大さをにじませた。

町方風情に、無駄話をする気はない素ぶりである。

「ご当家淳三郎さまが、新番組下の瀬島文兵衛《せじまぶんべえ》さま次男博文《ひろふみ》さま、同じく遠藤浩左衛門《えんどうこうざえもん》さま三男肇《はじめ》さまのお三人で組を結んでおられる《飛龍魔連》について、お話をうかがいにまいりました」

龍平は単刀直入に話を進めた。

「《飛龍魔連》、とはなんだ」

「女義太夫の送り連、でございます」

「女義太夫の送り連?」

「今、江戸の寄席の高座で娘が語る浄瑠璃が評判を呼んでおり……」

と龍平は、送り連の概要を簡潔に説明した。

「中でも、楓参、染之介姉妹は人気が高く、好き者仲間で幾つもの送り連が組を結んでおります」

「その送り連は、何が目的で務めを終えた女芸人を宿まで送るのだ。途中で不穏な事態が予測されるのか」

「いえ。そういうことではありません。おそらく、己のひいきの心情、己の好き心を芸人に伝え、それを己らで楽しむためと思われます」

「なんのために、そのようなことを伝えねばならんのだ」

「人はすぐれた音曲《おんぎょく》や文芸、見事な芸事に心動かされ感動し、涙することがあります。なんのために涙をこぼすのか、説明は難しい。女義太夫を宿へ送る行為は、その涙と似ています。ひいきは、そうしたいからそうするのです」

「馬鹿ばかしい」

帯刀は露骨に眉をひそめた。

己が安住する身分社会からこぼれ落ちる者を見下している。

「で、淳三郎が《飛龍魔連》という馬鹿げた送り連を作っておるとしてだ、それが何か不審なことなのか」

「送り連が不審なのではありません。しかし中には、興奮して騒ぎ、暴れ、住人に迷惑をおよぼす連もあり、とり締まりを求める訴えが届いております」

「淳三郎らの《飛龍魔連》が、そういう不届きな連中なのだな」

はい——と龍平は頷いた。

「ならば、わたしが淳三郎に確かめ、事実であれば、今後乱暴なふる舞いをせぬように、無闇に騒いで町屋《まちや》に迷惑をおよぼさぬように、侍らしく品格を持って行動せよと、申しつけておこう。それでよかろう」

「淳三郎さまにお訊ねしたいのは、それだけではございません」

「まだほかに、何かあるのか」

「じつはわたくし、去年暮れより一月にかけて柳原堤で起こった、物乞いと浮浪の浪人殺しの調べをしております」

帯刀が龍平をひと睨《にら》みした。

「去年の暮れ、《飛龍魔連》が同じ柳原堤で気勢をあげ騒いでいるところを何度か見かけた者がいるのです。楓姉妹を宿へ送った後のことです」

「それがどうした」

「斬られたのは去年暮れに物乞いが二人、年が明けた一月に浪人がひとり、いずれも女義太夫楓姉妹が寄席の高座にあがり、送り連が姉妹を宿へ送った後の夜更けです」

「…………」

「お怒りにならぬようお願いしたいのですが、わたしども町方は、ほんの些細《ささい》な不審についても疑いを持って嗅《か》ぎ廻る役目なのです」

帯刀は黙ったままだった。

「《飛龍魔連》が人斬りのあった同じ夜更け、同じ柳原堤で気勢をあげていた疑いがあるとすれば、当夜の《飛龍魔連》の行動を調べる必要があります」

　龍平は帯刀の睨みを、受け流した。

「不審ではあっても、《飛龍魔連》が襲ったという証左はありません。逆に、《飛龍魔連》が怪しい者と出会っていることも考えられます」

　龍平は舅の達広を真似た和やかな表情を浮かべ、短い間を置いた。

「《飛龍魔連》への不審を解くにもせよ、手がかりを得るにもせよ、淳三郎さまのご協力を何とぞお願いしたいのです」

「怒りはせん。だがおぬし、筋を通せ。それを調べたくば町奉行から新番頭《しんばんがしら》を通すのが筋だろう。町方だからと言って、無礼が許されるわけではないぞ」

「無礼の段、お詫《わ》びいたします。わたくし……」

　と龍平は頭を垂れた。

「この一件は今朝ほど上役と相談し、お奉行にはまだ報告いたしておりません。お奉行を通して正式にご当家へお訊ねするとなりますと、淳三郎さまのご趣味ご嗜好《しこう》、お仲間でお楽しみの密《ひそ》か事《ごと》などを明らかにすることになります」

　帯刀は顔を庭の方へそむけた。

「この一件と女義太夫のひいきとは別の話です。まずは、ご当家に直接おうかがいした方がよろしいかと愚考いたしました」

帯刀は庭を向いたまま、吐き捨てた。

「小賢《こざか》しい」

間があった。

それから無造作に廊下へ立ち、怒った声で言いつけた。

「むらい、村井《むらい》はおるか。誰か、淳三郎を呼べっ」


淳三郎は、月代を綺麗に剃った跡が青い、二十代半ばに見える若侍だった。あまり外に出ないのか、顔色に生気がなく、尖った顎といやに赤い唇が神経質そうだった。中背の細身で、一重の目に猜疑心《さいぎしん》をこめ、

「なんでわたくしが、そのような無礼な問いに応えねばならんのですか」

と怒気を抑えて言った。

「隠すつもりはありません。瀬島や遠藤と楓姉妹をひいきにする《飛龍魔連》を結んでいるのは事実です。姉妹を本所の石原町へ送り、そこから戻るのに柳原堤を通りますよ。帰り道ですからね。それが変ですか」

「見た者の話では、柳原堤で《飛龍魔連》の気勢をずいぶん熱烈にあげておられ

るようですね」

「見た者？　それはいったい誰だ。陰でこそこそと。わたしのいる前で堂々と言ったらいい。受けてたってやるよ」

「飛、龍、魔、と叫びながら刀を抜き、三人で打ち鳴らすのでしょう」

「それはひいきにしている楓姉妹のすぐれた芸を、われわれなりに称《たた》える神聖な行為だ。飛、龍、魔、とは侍の誇りの象徴であり、武士の魂を打ち鳴らすことは、芸のさらなる上達祈願であり、魂の清めなのだ」

淳三郎は、それだけなんです、信じてください、という顔つきを、腕組をして聞いている父親帯刀へ向けた。

そして、わざとらしく悔しそうに顔を歪《ゆが》めた。

それから表情を、きっ、と豹変《ひょうへん》させ、龍平へ激しい憎悪を表わした。

「第一、斬られたのは乞食小屋の物乞いと浮浪の浪人者だろう。あの者らは、自らの身を修める努めを怠った自堕落なならず者だ。破落戸《ごろつき》だ」

淳三郎は憎々しげに、紺袴の布地を両膝の上でつかんだ。

「ええ？　違うか。そう思わないか。あの者らが天下の江戸を汚している。じつに見苦しく汚い。汚い汚い。あの者らは斬られても仕方がない、天下の江戸のくずなのだ」

淳三郎は、急に激昂し、叫ぶように罵《ののし》った。

それから口元を歪め潤んだ目を落とし、肩をゆらした。

「斬られた者らがそれほど汚かったのですか。よくご存じですね」

龍平は、低く訊ねた。

淳三郎は落とした顔を、右左と廻《めぐ》らし、考えているふうだった。

「飛、龍、魔は、それぞれ三人が剣の奥義を極められ、名づけた剣技の名称とうかがいました。道場はどちらですか」

「ふん、どうでもいいだろう。あんたには関係ないことだ」

「飛、龍、魔とはどういう剣なのですか」

「だから、侍としての誇りを表わす剣だ。町方風情にわかる剣ではない」

「奥義を極められたのだから、免許皆伝、あるいは道場の師範代とか、そういう声がかかってもおかしくありませんね」

「まあ、それなりに。そうなって当然だ」

淳三郎は肉の薄い首筋をほぐしながら、苛《いら》だたしげに応えた。

すると父親の帯刀が組んでいた腕を解き、訊きかえした。

「淳三郎、まことか。おまえ、道場の師範代になれるのか」

「え？　ああ、まあ、そのうちに、いずれ、なれるかと……」

と淳三郎は青い顔色を赤黒くふくらまし、ぼそぼそと口ごもった。

その様子は、隠居の身とはいえ元新番組頭の厳しい父親に頭のあがらない子供が、己をいい子に見せようと懸命に繕《つくろ》っている姿に見えた。


育心館《いくしんかん》の根来理七郎《ねごろりしちろう》は、龍平と寛一を、道場から稽古《けいこ》の声や竹刀《しない》で激しく打ち合う音が聞こえる座敷へ通し、奥田淳三郎と瀬島博文、遠藤肇の三人の腕や人となりを、あたり障りのない笑みを浮かべ、見たてた。

「やはり由緒正しき血筋は違いますな。三名とも荒削りだが筋はいい」

初老の侍で、剣術使いにしてはひょうきんな口髭を蓄えた道場主だった。

しかし道場主は三人の、飛剣、龍剣、魔剣、は知らなかった。

ただ愉快そうに笑い、

「本人らが、何を自称しようと、それは本人らの勝手ですから」

と暢気《のんき》に言った。

「本人らが極めたと言うならそうなのでしょうな。ですが、当道場では三名は修行中の身ですから、ひたすら剣術修行に励むよう、指導するのみです」

その口ぶりでは三人の技量を買っているのではなく、謝礼をきちんと納める高官の家のお坊っちゃんとして、事を荒だてぬように扱っているふうだった。

「未熟ゆえに若い者には将来がある。大人はそれを伸ばしてやることです」

それから身ぶりを交えて、

「若い者が小さくまとまってはいかん。少々の荒っぽさはいい。出る頭を叩かれて成長があるのです。それに運も才能のうち、と申しますからな」

と、毒にも薬にもならない道学者みたいな説を披瀝《ひれき》し、龍平を呆れさせた。

九

龍平と寛一は、育心館を早々に退散した。

それから駿河台下、表猿楽町《おもてさるがく》の通りを稲葉《いなば》家上屋敷《かみやしき》の練塀沿いに筋違《すじかい》御門の方角へ折れ、八辻《やつじ》ヶ原《はら》（昌平《しようへい》橋と筋違御門の間）に出た。

筋違御門の先から柳原堤が神田川南沿いに東へ伸びている。

このあたりになると、武家地の寂しい石ころ道ではなく、侍、商人《あきんど》、行商、荷物を満載した荷車、勧進《かんじん》坊主、僧侶、旅人、芸人など、さまざまな老若男女《ろうにゃくなんにょ》が賑やかにいき交う日本橋の大通りにも連なっている。

「旦那、これからどちらへ」

寛一が萌黄の羽織の裾でまだ冷たい春風をきりながら、訊いた。

「平永《ひらなが》町の焼蛤《やきはまぐり》で昼飯を食って、それから腹ごなしに柳原堤をそぞろ歩きだ」

「焼蛤で昼飯はたまらねえすね。あっしは腹がへって腹がへって……」

「おれも腹がへった。寛一、大飯を食って憂《う》さ晴《ば》らしをしよう」

「憂さ晴らし？　何かあったんですか」

「何もない。山ほど聞かされた侍の戯言《ざれごと》を忘れてしまいたいだけさ」

龍平はさらりと言い、火除《ひよ》け御用地から平永町の蛤横《はまぐりよこ》町を目指した。

一刻《いっとき》（約二時間）後、龍平と寛一は柳原堤を東へとって和泉《いずみ》橋をすぎた。

神田川を薪《まき》を積んだ船が、ゆったりとすぎてゆく。

堤沿いの柳原通りは、昼間のこの刻限、安物の古着を売る古着商の掛小屋が浅草橋まで並び、多くの人出で賑わっているが、夜の様子は、まるで違っている。

和泉橋から豊島町の新《あたら》シ橋まで四町《ちょう》（約四四〇メートル）足らず、物乞いと浪人者が斬られたのはこの間の堤だった。

川縁《かわべり》の葦《あし》や荻《おぎ》が繁茂する中に、物乞い小屋の板屋根が見おろせた。

「寛一、おりるぞ」

龍平は途中から堤をくだり、川縁の蘆荻《ろてき》を選って小屋へ近づいていった。

小屋は大人が座って暮らせるほどの高さしかなかった。

拾った板を繋ぎ合わせて囲った板壁の隙間から、薄暗い小屋の中がのぞけた。

男が薄暗い中で、つくろい物をしている。

「御番所の御用だ。戸を開けてくれ」

龍平はどこが戸かわからない板壁を指先で叩いた。

板壁のひとつが中から、ごと、ごと、と引き開けられた。

「なんぞ、御用でやすか」

一尺（約三〇センチ）ほどの隙間から、蓬髪《ほうはつ》に薄く口髭を生やした男が、眩《まぶ》し
そうに龍平と寛一を見あげた。

「雨吉《あまきち》、だな」

龍平は物乞いの前に屈《かが》んだ。

「へえ。雨吉でごぜいやす」

「十日ほど前、このあたりの堤で浪人が斬られた一件のことなんだが……」

「裃のえれえ立派な身形《みなり》のお役人さまが、手下を何人も引き連れて訊きにきた浪人殺しのことでごぜいやすか」

「そうだ。おまえ、浪人が斬られるのを見たそうだな」

「へえ。見たというか、聞いたというか」

「その話を、もう一度、聞かせてくれないか」

「ようがす。お訊ねなら何度でもお話ししやす。むごい殺しだったで、忘れられねえ。ありゃあ確かに、もう十日以上前のことだね」

雨吉が指を折って数えた。

「夜更けの、四ツ半（十一時頃）ごろだったかな。若《わけ》え侍らが喚きながら、そこの堤をうろつき廻っておりやした……」

雨吉は小屋の出入り口の際で胡坐をかき、話し始めた。

——そいつらは、去年のいつのころからだか、夜更けの柳原に、ときどき現れるようになった破落戸の、間違《まちげ》えなく、若《わけ》え侍らでごぜいやす。

人数は三人で、現れたときは、必ず刀を抜いてかんかんと打ち合い、うるせえ騒ぎ声をあげやすから、すぐわかるんで。あの夜もまたきやがったかと、おれいあ、連中がいなくなるのを小屋の中で息を潜めて待っておりやした。

というのも、見たわけではねえが、去年の暮れ、仲間が二人続けて斬られる殺しがここらへんで起こって、

「そいつらがやったに違いねえ」

と、仲間の間で噂が流れておったんでごぜいやす。

「あいつらは、面白がって人を斬る頭のおかしな連中だ。だから連中が現れたら、物騒だから小屋を絶対出るでねえぞ」

と、仲間内で用心し合ってもおりやしたんで。

そいつらが、あの夜更け、堤で喚声をあげ、刀を鳴らし、遠ざかっては戻り、戻ってはまたどっかへ走って、みてえな騒ぎを繰りかえしてやがった。

柳原堤に現れると、いつもそんな騒ぎをしつこく続けて、まったく迷惑なやつらでごぜいやす。

ところがその夜は、えらく早くそいつらの喚き声が聞こえなくなり、それでおれあ、珍しく早く引きあげたなと、ここの隙間から堤の方を眺めやした。

するってえと、暗がりではっきりしねえが、何人かの人影が見えて、そいつらが笑いながら人と話してるふうな声が聞こえたんでごぜいやす。

なんだ？　と、おれあ、目を凝らしやした。

そいつらが誰か知り合いとでもいき会ったみたいだったが、なんか、誰かに言いがかりをつけてるようにも聞こえたんでございやす。

おれあ、仲間が連中につかまったんじゃねえかと、気が気じゃあなかった。案《あん》の定《じょう》、「ぎゃあ」と叫び声がいきなり聞こえて、黒い塊《かたまり》が堤から転がり落ちてきたんでございやす。

黒い塊があそこらへんの汀《みぎわ》んとこを這いながら、助けを呼んでおりやした。おれあたまげた。どうしようかと思いやした。

けど、助けを求められたって、おれあ、なんもできやしねえ。

そしたら連中が駆けおりてきて、黒い塊に、ぐさ、ぐさっと、音が聞こえるくらい何度も何度も、刀ぁ突き刺しておりやした。

助けを呼ぶ声はすぐ消えやしたが、連中はしつこくってよ。

ごみ、消えろ、って喚きながら、もう滅多《めった》突《づ》きでございやした。

おれあ、仲間がまた殺されたんだと思って可哀想で可哀想で――

「ここらへんでございやす。あそこから転がって落ちてきやして」

雨吉が龍平と寛一を水縁へ案内していた。

雨吉は葦の繁茂する水縁を指差し、それから差した指を堤の方へ廻した。

堤の上の柳道を往来している人が、川縁の三人を見おろしていく。

「連中がいなくなってから見にいったら侍だったんで。まれにここらへんをうろついて、断わりもなく橋の下で寝起きしたりするもんだで、橋の下の仲間らとももめ事を起こしたことのある浪人でやした」

「食い詰め侍か」

「へえ。可哀想だが仲間じゃなかったんで、おれあ、ほっとしやした」

「連中は、間違いなく三人だな」

「三人だと思いやす。みんなも三人の破落戸侍だと言っておりやす」

「大人しく引きあげたのか」

「いやあ。川で刀をじゃぶじゃぶ洗って、それから堤の上で、刀をかんかん鳴らして、叫んでおりやした」

「いち、じゅう、まん、とか?」

「よくご存じで。そいつら、いつもわけのわからねえこと、喚きやがるんで」

「雨吉、それは、いち、じゅう、まん、ではなく、ひ、りゅう、ま、と喚いていたのではないか」

「ひ、りゅう、ま？　ひ、りゅう、ま……なんだかわからねえなあ」

「よおく思い出してくれ。いち、じゅう、まん、なのか、ひ、りゅう、ま、かがそいつらを捕まえる鍵なのだ」

「ふうん、そう言われれば、そうかもしれやせん。ああ、そうだ。今思い出しやした。そいつら、人の名前を呼んでおりやした。確か、そめ、そめ……」

「そめのすけ、か」

「そうだ、そめなんとかが、なんとか、みたいな具合でごぜいやした」

十

その夜、左内町《さないちょう》と音羽町《おとわちょう》の間の小路に軒行燈《のきあんどん》をさげた《桔梗《ききょう》》の、表店《おもてだな》の土間からあがり、調理場の脇を抜ける奥の部屋に、龍平、梅宮の宮三、倅の寛一がいつものように顔を揃えた。

桔梗は青物町の勤め人や業者の馴染《なじ》みが多い。

夕六ツ半（午後七時頃）をすぎたその刻限、表店は入れこみの畳の床や花茣蓙を敷いた長床几は、全部客で埋まっていた。

てんぷらを揚げる香ばしい油の匂いや摂津《せっつ》の下《くだ》り酒の燗の湯気が満ち、この春、十七歳になったお諏訪《すわ》の若い声が店にはじけていた。

桔梗は京料理の料理人で亭主の吉弥《きちや》と、ひとり娘のお諏訪の二人できり盛りしている京風小料理屋である。

舅の達広が常連になっていて、九年前、龍平が日暮家に婿入りし御番所勤めの番代わりをしてからは、龍平も常連になった。

吉弥は、達広を《ご隠居》と呼び、龍平が日暮家の《旦那》と呼ぶ相手になっていた。

だが、娘のお諏訪は龍平を旦那ではなく《龍平さん》と呼んでいる。

お諏訪は、龍平が初めて桔梗の暖簾《のれん》をくぐったとき、九歳の童女だった。

そのときから《龍平さん》であり、十七歳の娘盛りになった今でも《龍平さん》なのである。

そんな馴れ馴れしいお諏訪に寛一が目角《めかど》をたて、文句を言う。

「お諏訪、龍平さんじゃねえだろう。旦那と呼べ、だんなと……」

しかしお諏訪はひとつ年上の寛一に、子供にはわからないの、と大人ぶった顔を向け澄ましている。

桔梗は、そんなちょっと小生意気な江戸娘が似合う小料理屋だ。

そのお諏訪が、新しい燗酒と、葱《ねぎ》の匂いが甘い椀の汁物と赤大根の煮物を運んできた奥の部屋には、まだ置炬燵《おきごたつ》があって、ほっこりとしたぬくもりが龍平と宮三、寛一の足元を暖めた。

「どうぞ」

と、お諏訪が三人に愛想よく酌をして廻った。

宮三がそんなお諏訪の酌をした猪口《ちょこ》を勢いよく呷ってから、

「楓参と染之介の芸を見出《みいだ》したのは、波野黒雲なんです」

と、話の続きをまた始めた。

宮三がつかんだところによれば、三人は、関八州から信濃《しなの》あたりを廻っていた旅芸人の厨子丸《ずしまる》一座でともにすごした芸人仲間だったらしい。

三年前、座長の厨子丸が亡くなって一座が仕舞いになり、仲間が散りぢりになる中、黒雲が楓姉妹を連れて江戸に出てきた。

楓姉妹は、黒雲が同じ一座の仲間というだけで黒雲に従ったのか、ほかにも何か経緯《いきさつ》があってのことなのか、詳しい事情は不明である。

楓姉妹の親がどんな芸人だったのかも、わからなかった。

「黒雲は江戸に出てきて藁店に黒雲亭を開き、女義太夫楓参、染之介姉妹が高座にあがった。するってえと、あっと言う間に姉妹の人気に火がついたんで」

「語りも泣かせるし、器量もいい、というわけだな」

「で、どうやら楓姉妹の仕きりは、黒雲が全部やっているようです。黒雲亭以外の寄席の高座にあがるのも、ひいきの客に招かれてお座敷の務めをするのもです」

「じゃあ、楓姉妹は黒雲の抱える芸人みたいなもんだね」

寛一が宮三に訊ね、宮三が「まあ、そうだ」と頷いた。

「昨日、黒雲はそんな素ぶりをまったく見せなかった。寄席の亭主とその高座にあがる芸人というかかわり以外、感じさせなかった。どうしてかな」

「何か、事情があるのかもしれませんねえ」

「黒雲の素性、あるいは楓姉妹の素性はわかるのか」

「それがさっぱりで。黒雲は生国は常陸《ひたち》、楓姉妹は相模《さがみ》だとかになってるようですが、それが本当かどうかもわかりません」

長澤類は、楓姉妹の素性の秘密に包まれた神妙なところがまたそそると言っていた。

「旦那、黒雲は厨子丸一座で、どんな芸をしてたんでしょう」

寛一が訊いた。

「そう言えば、あまり芸人らしくなかったな。どこか、気楽な遊び人が歳をとって隠居になったみたいな亭主だった。今度、黒雲亭へいったら、どんな芸ができるのか、訊いてみよう」

龍平は寛一に笑いかけ、温かい酒を口に含んだ。

というより、身を持ち崩した侍が浪々の末、年老いてから物好きで寄席の亭主に納まり、損得などどうでもよさそうに暮らしている、そんな枯れた様子がむしろある。

「早い話が、楓姉妹という金蔓《かねづる》をつかんで、左団扇《ひだりうちわ》で気楽に暮らしているんでしょう。いい身分だ」

宮三は笑った。

「どうであれ、波野黒雲や楓姉妹は柳原堤の一件とはかかわりはないいな」

「そうですね。たまたま柳原堤の物乞いと浪人が斬られた夜の黒雲亭の高座に、楓姉妹があがっていた。偶然だった」

「けれども、その偶然が《飛龍魔連》を結ぶ糸口になった」

「《飛龍魔連》は、ひどく怪しいですねえ」

宮三は呟いた。

「楓姉妹や黒雲にとっちゃあ、ひいきとはいえ、迷惑な連中だ」

と寛一が言葉を継いだ。

「それより、このままだと、次が柳原堤で起こるんじゃねえですか」

「親分。連中の動きを厳重に見張る必要がある。連中が楓姉妹の浄瑠璃に興奮し、送り連でたぎった心気のはけ口に貧しく弱い物乞いや浪人を斬った。だとすれば、次が間違いなく起こるだろう」

「はけ口か。そりゃあ、さぞかし心地よく眠れたろうなあ」

「ああ……しかし、ただのはけ口ではない。あの男らは心を病んでいる」

宮三と寛一は、龍平の物言いに小さな驚きを覚えた。

いつもの龍平は、そういう言い方はあまりしない。

珍しく、深刻に考えこんでいた。

「奥田淳三郎は、人を蔑《さげす》んだり嫌悪することで己の満たされない不満に蓋をしているのだ。人を蔑むことで、己はこんなに優れていると己自身にまじないをかけてな」

「まじないを、ですか」

宮三と寛一が首をひねった。

「淳三郎はひどく気位の高い男だった。それに感情の起伏が激しい。公儀新番組頭の家に生まれ、身分の高い家に生まれた己は優秀なのだと、必死に思いこもうとしている節が見える」

「けどそれは、身分の高い家に生まれたってえだけじゃねえですか」

「優秀だから、身分の高い家に生まれたと疑っていないのだ」

「そんな馬鹿な。神や仏じゃあるめえし」

「今日、あの男に会ってわかった。おそらく、あの男は父親に己が有能な倅だと認められたいのだ。そのために、己は優れていなければならない。だが、どうやって己を優れていると己自身に証《あか》したらいい？」

「それって、物乞いや浮浪の浪人を蔑んで、己が優れているから制裁を加えてやるってえことですか」

「淳三郎は不安で堪らないのさ。万が一、己が有能でなかったらどうしよう、父親に、己が有能でないと思われたらどうしよう、とな」

表店から客の大きな笑い声が聞こえてきた。

「女義太夫にのめりこむのも、己への不満や不安から、逃げ出したいのさ。《飛龍魔連》の中にいる間は、それを忘れていられる」

「旦那……これからの手だては」

と、宮三が低い声でかえした。

龍平は宮三と寛一の猪口に銚子を差した。

「親分、送り連さ。おれたちも女義太夫の楓参と染之介の送り連を結ぼうと思うのだが、どうだろう。親分、寛一、一緒に送り連を組もうではないか」

寛一が「へえ?」と、猪口を運ぶ手を途中で止めて訊きかえした。

「承知しやした」

と、宮三はにったりと笑った。

十一

三日後の夜五ツ半（午後九時頃）、神田豊島町藁店の路地と木戸を出た小路、表通りに通じる辻までもが、手に手に連の名を記した提灯を提げた人であふれていた。

ほとんどが二本を差した侍で、若い者ばかりではない。

着流しに一本を落とし差しして粋《いき》を装った中年侍もいれば、何かの紋様を染めた派手な羽織袴に腰の閂《かんぬき》差しが、人ごみの中では野暮で邪魔な勤番侍も、大勢屯《たむろ》している。

誰もが楓姉妹の送り連であり、路地奥の黒雲亭には入れず、高座を終えて姉妹が路地に姿を現すのを待っているのだ。

それらの人出をあてこんで風鈴蕎麦《そば》や茶飯、焼き団子の屋台が通りに並び、侍たちが列を作っている。

連仲間が揃《そろ》って夜空に気勢をあげる声が、そこかしこで起こった。

《鉄砲洲連》の長澤類の大柄が、人の間を動き廻っているのが目だった。

すると木戸の近くで罵り合いが起こり、刀を抜いた男らが夜空に白刃を突きあげて喚き始めた。

「飛剣」

「龍剣」

「魔剣」

甲高い声が響き、奥田淳三郎の姿がその中にあった。

ちゃりん、ちゃりん……と刀が鳴った。

わああ。あぶない。やめろおっ。

馬鹿野郎。

ちゃりん、ちゃりん……

刀の打ち合う音や怒声が小路に交錯した。

その様子を、小路の物陰から見ている町人風体の男らがいた。

男らは三人で、身軽な着流しを裾端折りに股引《ももひき》草鞋《わらじ》、手拭ですっぽりと頬かむりをし、送り連らしくはなかった。

そのうちに、自身番の町役人が屯する人ごみをわけて刀をふり廻す三人のところへいき、何か注意を与え始めた。

だが三人は町役人の注意などに耳をかさず、逆に罵りかえしていた。

三人をとり囲んで、送り連同士の小競り合いが始まった。

とそのとき、路地奥がどよめいた。

「うおお……」

高座を終えた楓姉妹が、黒雲亭を出てきたらしい。

だだだっ、と路地から人々が走り出てくる。

逆に表の通りからは人々が押し寄せ、押し合い圧《へ》し合いの様相を呈した。

やがて、黒雲亭の提灯を提げた黒雲と、藤色と橙色《だいだい》の袢に島田の、楓参、染之介姉妹が小路へ姿を現した。

ひいきに囲まれてよく見えないが、人影の間から島田に差した簪《かんざし》が可憐《かれん》にゆれていた。

楓姉妹に従って、小路の人の群れがぞろぞろと動き始めた。

表通りへ向かう背の高い黒雲のいがぐり頭が見え、路地からはそれを追う連の提灯が限りなく出てくる。

黒雲と楓姉妹が先導するかのように、続く送り連の群集はいつしか整然とした列をなし、明々と連なる提灯が路《みち》を埋めた。

楓姉妹と送り連は、豊島町の辻を越え、初音《はつね》の馬場脇をすぎ、浅草御門から両国広小路を通り、そこから両国橋へ向かう。

殿のお供は欠かしても、娘のお供は欠かさずに、粉骨細心《ふんこつさいしん》、して勤め……とっちりとん……

侍たちの好き心が歓喜に包まれ夜の両国橋を渡っていく。

「参っ」

「染之介え」

どよめきが波打ち、橋板が轟《とどろ》き、漆黒に包まれた両国橋に尽きることのない提灯の光の連なりは、さながら巨大な魔物が大川を越えているかに見えた。

一刻がすぎた。

夜が更けてから霧雨が降り出し、柳の枝を濡らした。

堤の草も木々も、神田川の黒い川面も、そぼ降る雨の下でうずくまり、川縁に粗末な板屋根を並べた物乞い小屋も静まりかえっていた。

しかし——

「飛」

「龍」

「魔」

の甲高い声があたりに響き渡った。

三つの人影が、静寂を破り、雨に濡れた柳原堤を駆けている。

奥田淳三郎、瀬島博文、遠藤肇の若い三人が、火照《ほて》った身体を雨に打たせて疾駆し、水溜りの泥水をわざとはねあげた。

それが愉快なのか、何にそれほど気を昂ぶらせているのか、三人の奇声と罵《ば》声《せい》、哄笑《こうしょう》が静寂の中に絶えず交錯した。

「どいつもこいつもたたっ斬るぞお」

ひとりが叫び、二人が「おお」と応じる。

堤下の小屋の物乞いや、柳原堤で客を引く夜鷹は、物陰で息を潜めていた。

連中にかかわっちゃあ命が幾つあっても足りねえ、と恐れつつ。

けれども、不運な男はいる。

五十をすぎた行商ふうの男が、継《つ》ぎ接《は》ぎだらけの半纏が雨に濡れるのもかまわず、和泉橋から新シ橋へゆく堤道を、酒に酔い痴れ千鳥足に任せていた。

どしんっ。

と遠藤肇が男の貧弱な身体をはじき飛ばした。

男は他愛もなく泥道に尻餅《しりもち》をつき、

「な、な、何しやん、でい」

ろれつの廻らない口調で喚き、侍を見あげた。

三つの影が、貧しい行商をとりまいた。

「くず、おまえ臭いな。吐き気がする」

奥田淳三郎が憎々しげに言った。

「目障りだ。消してやる」

「おまえみたいなごみは、掃除する」

瀬島博文と遠藤肇が吐き捨てた。

三人は男の周りを、ゆっくり廻り始めた。

男は酔いの中で、ええ？　と、やっとただ事ではない相手だと気づいた。

男の貧弱な身体が恐怖で震え始めた。

「おた、おた、お助けを……」

尻餅のまま、顔の前で両掌《りょうてのひら》を擦り合わせた。

三人はせせら笑った。

「おお、助けてやるさ。楽にしてやるよ」

三人が刀を抜き放ち、そぼ降る雨が夜目にも白刃を濡らした。

淳三郎が目尻を吊り上げ、刀を上段にふりかぶった。

「くずが消えれば、またひとつ、江戸が綺麗になる」

せえいっ――


かちいんっ。

火花が散った。

龍平は淳三郎の打ち落とした刀身を十手ではねあげた。

淳三郎の驚愕《きょうがく》の目が、俄《にわか》に闇の中から現れ身がまえている頬かむりの龍平を見つけ、瞬時に固まった。

瀬島と遠藤は啞然《あぜん》と口を開け、突然の出来事をぼうっと見つめた。

「奥田淳三郎、見つけたぞ」

言うやいなや、龍平は淳三郎の横っ面を十手で打った。

淳三郎は悲鳴をあげ、道を転がった。

「痛い、いたい、いたい……」

転がりながら喚き、刀をふり廻した。

宮三とそれに続く寛一が目明し長十手を手に、呆然《ぼうぜん》としている瀬島と遠藤へ打ちかかった。

「てめえらっ、御用だ」

「御用だ」

宮三と寛一が叫んだ。

瀬島と遠藤は、わっと逃げ出した。

泥の中を転がっている淳三郎を、身向きもしなかった。

「待てえっ」

「二人はほっとけ。淳三郎を縛れ」

龍平は淳三郎の手首を打ち据え、刀を払い落とした。

宮三と寛一が淳三郎の腕を左右からねじあげた。

「放せ、無礼者。おれに触るな」

淳三郎は泥まみれになって抗《あらが》い、罵倒を続けた。

龍平は淳三郎の髷をつかみ、拳を食らわせた。


南茅場町の大番屋へ泥だらけの奥田淳三郎をしょっ引《ぴ》いた。

途中の道でも大番屋についてからも、淳三郎は喚き散らした。

大番屋は鞘《さや》土間があり、牢の縦格子と天井と床、三方の壁が分厚い板囲いになった仮牢である。

その三畳ほどの広さしかない牢に放りこまれた淳三郎は、牢格子にしがみつき、龍平に毒づいた。

「ひぐれ、おまえに切腹を申しつける。腹をきれ腹を。おまえの一族も全部同罪だ。介錯《かいしゃく》はおれがしてやるっ」

張り番の下男にも喚きたてた。

「牢番、おれを誰だと思っている。今牢を開ければ許してやるぞ」

「うるせえ野郎だ。大人しくしろ」

と格子の外から桶《おけ》の水をたっぷり浴びせられ、ふるえあがった。

一月終わりの春とは言え、真夜中は凍《い》てつく寒さである。

淳三郎は牢の隅で身体を縮めてすすり泣き、ふるえながら「父上っ」と繰りかえし呼んだ。

疲れ果てて寝息をたて始めたのは、前夜の小雨が止んで、東の空が赤く燃え始めるころだった。

十二

翌朝、龍平は同心詰所で奥田淳三郎の入牢証文《じゅろうしょうもん》の請求文書を書いていた。

まだ始業前で、詰所に同心の姿は少ない。

そこへ廻り方の南村が詰所へそわそわとあがってきて、書案に向かって文書を書いている龍平を見つけると、書案の前に立った。

「おう、日暮、夕べえれぇ捕物があったらしいじゃねえか。おめえ、何やったんだ。妙な騒ぎになっているぞ」

南村はただならぬ口調で言った。

詰所にいた同心らが、龍平の方を向いた。

「はい。たいした手数はかかりませんでしたが」

「何暢気なことを言ってんだ。手数の問題じゃねえよ」

「そうなんですか」

龍平は筆を動かす手を止め、南村を見あげていた。

すると、詰所下陣に奉行所看板の中間が現れ、

「日暮さま、お見えですか。お奉行がお呼びです。急ぎ、御用部屋にお越しください」

と呼び出しを受けた。

「ほら、見ろ。えれぇことをしてくれたなあ」

南村が四十半ばの日焼けして頬のたるんだ顔を、日暮なんかにやらせるからだ、言わんこっちゃねえよ、というふうに歪めた。

龍平は南村へにこやかな一礼を投げ、座をはずした。

奉行永田備前守用部屋に、登城前の裃に正装した奉行と詮議役与力の柚木常朝と鼓晋作が揃っていた。

用部屋専任の手付同心らがもう書見台につき、黙々と筆を動かしている。

奥廊下側の壁を背に奉行が座り、柚木と鼓が左右に控えた。

鼓晋作の白い顔が、少しこわばっていた。

龍平は畳に手をつき、奉行に一礼した。

「日暮、昨夜はご苦労だった。よくやった」

と奉行がいきなり言った。

「まことに、見事でした」

傍らから鼓が言葉を添えた。

「柳原堤の一件は、新番方の部屋住みらの仕業らしいな」

「はい。昨夜九ツ（午前零《れい》時頃）、柳原堤において、新番組頭奥田家の淳三郎どの、同組瀬島家博文どの、同じく遠藤家肇どのの三名が、佐久間《さくま》町四丁目裏町のふり売り次助《じすけ》に襲いかかったところを、その場で奥田淳三郎どのをとり押さえました」

それから龍平は、女義太夫楓姉妹の送り連の訊きこみから、一件の容疑が濃厚な《飛龍魔連》の存在をつかみ、昨夜、《飛龍魔連》の後をつけ、柳原堤において淳三郎を捕えるまでにいたった経緯を説明した。

「襲われた次助の供述もあり、三名の罪は明らかであり……」

「わかった。もうよい」

と奉行が穏やかに龍平を制した。

「奥田淳三郎は今、大番屋か」

「はい、南茅場町の大番屋でございます」

「ふむ。日暮、旗本は部屋住みであっても町方の支配ではない。おぬしがいって、奥田淳三郎を解き放て」

龍平は頭を垂れて、そのまま頭をあげなかった。

柚木も鼓も、黙っていた。

「お奉行さま、この後《のち》は」

「目付《めつけ》が動く。たぶん。おぬしも旗本の家の出だ。旗本がどういうものか、わかるだろう。それから……」

と奉行は言いかけて、束の間、逡巡《しゆんじゆん》した。

「新番方から奉行所に激しい異議が届いておる。おぬしの処罰を求めてな」

「はい」

「異議と言っても、まあ、建て前だ。異議を申したてぬと向こうも恰好がつかん。日暮、しばらく休みをとれ。柚木の話では、先日の《突き鑓》捕縛もおぬしの手柄だったそうではないか」

ははは……と奉行は笑った。

「褒美は何か考えておく。それまで、ゆるりと身体を休めよ」

「日暮さん、すまん」

と鼓晋作が言った。

「いえ。ご配慮、お礼を申します」

「おぬしは旗本の家柄を捨てて町方同心になった。町方同心の処世に従う覚悟があってのことだろう。またの機会を待て。もっといい働き場が今にくる」

「はい」

龍平は応え、柚木と鼓も黙って頭をさげた。

その日の午後、龍平は神田竪大工町の人宿・梅宮の母屋の座敷にいた。

濡れ縁に午後の日が落ち、庭の板塀際に宮三の手入れする盆栽が並んでいる。塀の向こうに近所の酒屋の蔵が見える。蔵の白壁に日が砕け、同じ日が濡れ縁に胡坐をかいた龍平にも降っている。

「ふうぅぅ……」と龍平は、伸びをひとつした。

「お疲れでしたね」

背中で声がし、宮三が座敷へ入ってきた。

宮三は大きな瓢簞《ひょうたん》形の徳利と湯吞とつまみの漬物を載せた盆を持っていた。

「旦那、もらいもんですけどね、灘《なだ》の下り酒ですよ。一杯やって、気分を変えましょう」

「うん」

龍平は濡れ縁から座敷へ戻り、宮三と向き合った。

宮三が龍平の湯吞に、酒をついだ。

「寛一も半刻（約一時間）もすりゃあ使いから戻ってきます。今夜は家《うち》で酒盛りってえのもありですぜ」

ふたりで湯吞をあげた。

冷えた酒の辛味が龍平の喉を潤した。

「今日はこれ一杯ご馳走《ちそう》になったら、明るいうちに帰るよ。寛一にはすまなかったと伝えといてくれ。しばらく、休みをとることになった」

「いいじゃありませんか。たまにゃあ、お内儀さまやお坊っちゃんお嬢ちゃんとのんびりすごしなせえ。梅が咲いてますし、もうすぐ桜だって咲きます」

「そんなに休んだら、身体が鈍《なま》るな」

「旦那は働きすぎだ。足かけ九年、人のいやがる仕事ばっかり押しつけられて、ここらでちょいと骨休めも、いいころ合いですぜ」

「それほどでもないさ。梅宮の親分こそ、おれが子供のころから働きづめじゃないか」

「これは性分なんで。なんかやってねえと、心の臓が止まっちまうんです」

　二人は声をあげて笑った。

　庭で雀《すずめ》が、ちち、と鳴いていた。

「けど、やつらあ、ぐっすり眠らすのは癪《しやく》にさわりますねえ」

「親分、やつらをいつまでもぐっすり眠らせはしないさ」

　宮三は庭に眼差しを投げている龍平の横顔を、改めて見直した。

「やつらは運に恵まれた。身分の高い家に生まれ、不自由なく暮らし、そのうえ、己のほしいままに人を斬って、罰せられもしない……」

龍平は、深い溜息をついた。

「しかし運は天からの授かりものだ。己の力で勝ちとったものではない。いつかは天にかえさねばならん。借りものを使い果たしてかえせなくなったなら、償いをしなきゃあな」

龍平は湯呑の酒を気持ちよさげに呷る。

「休みの間は、うららかな春を満喫し、可憐《かれん》な花を愛《め》で、そうだ一度、人気の楓姉妹の浄瑠璃を聞きに寄席をのぞいてみるか。おれは楓姉妹の高座をまだ見たことがない」

宮三は龍平の心の中で思うものを、計りかねた。

龍平をよちよち歩きのころから見てきたし、倅のようにも思ってきたが、宮三は、龍平が人知れず心底に何かを秘めていることを知っていた。

物静かにあきらめ、やわらかく笑い、欲張りもせず、なのに激しく燃えたぎっている何かだ。

けれどそれが何か、宮三にも今もって定かにはわからない。

「坊っちゃんの――」

と、旦那とは言わず子供の龍平を呼ぶように言った。

「思うようになさいまし。どこまでも、おつき合い、いたしますぜ」

宮三は庭に降る午後の日と同じくらい明るい笑みを浮かべた。

十三

十日ばかりがすぎた二月上旬、季節はいっそう春めいて、桜の便りもまちどおしい。

二月の初午《はつうま》の日は、子供らが手習い師匠に通い始めるときである。

「あったかいね。今年は桜も早そうだ」

表店の主人が、通りかかった馴染みの行商に声をかける。

そんな二月のある日の夜、上野池之端は老舗《しにせ》の寄席・吹貫の高座に、江戸一番人気の女義太夫楓参、染之介があがった。

侍を中心にしたひいきの連がどっと押し寄せ、吹貫と呼ばれる横町は寄席に入りきれないひいきであふれ、またしても大騒ぎである。

寄席の中では、楓姉妹の、殊に妹染之介の汚れを知らぬ浄瑠璃語りに、客はみな袖を絞って聞き入っている。

そうして演目を終えた姉妹が帰途につくと、送り連の提灯の列が長蛇となって楓姉妹に続き、夜の両国橋を渡るのであった。

世の良識ある大人たちは、そのありさまに眉をひそめ、

「あれでも侍か。戦国の武士も地に落ちた」

と、知りもしない戦国武士の世を懐かしんだりしている。

その夜更け——

新月から少しずつ満ち始めた月が夜空に高くかかり、野良犬がさ迷う柳原堤に、折りしも三つの侍らしき人影が駆けていた。

人影は静寂の中に足音と喚き声を響かせ、突然立ち止まって雄叫《おたけ》びをあげる。

先頭の男がすらりと刀を抜くと、後の二人がそれに続いた。

「飛」

「龍」

「魔」

三人の甲高い声が揃い、白刃をかざし打ち鳴らした。

ちゃりん、ちゃりん……

うおおお。

激しく打ち合う鋼《はがね》が火花を散らした。

とそのとき、奥田淳三郎が堤道の和泉橋の方向の暗がりをうかがった。

「誰か、くるぞ」

淳三郎は、面白い、と刀を垂らし、暗がりの道を進んだ。

淳三郎もほかの二人も、送り連の昂揚《こうよう》の中で酒を呑み、荒ぶる心気を抑えかねていた。

一月に浮浪の浪人を斬って以来、ほぼひと月、誰も斬っていない。

淳三郎に続いて、瀬島博文、遠藤肇が闇の道をゆく。

「ごみ掃除をするぞ」

瀬島がささやき、遠藤が応えた。

「よかろう。われらで江戸を綺麗にしよう」

淳三郎は唇を舐めた。

久しぶりだ、と思った。そのときの快感が甦った。

黒っぽい着物と袴に菅笠で顔を隠した浪人風体の人影が、夜道の先に見えた。

腰に帯びた二本の影があった。

薄汚れた侍だった。
背は高いが、痩せて弱々しく見えた。
これなら斬り甲斐《がい》があると、思った。
淳三郎と影が接近した。
すれ違うそのとき、
「待て。おまえ、臭いぞ。江戸で何をしておる」
淳三郎は男に言った。
男は応えなかった。
淳三郎の後ろの瀬島と遠藤に向かってゆっくり歩んでいた。
「おまえのような汚いくずが、江戸をだめにする」
しゃあぁ。
淳三郎が奇声を発した。
上段から男の背中へ袈裟《けさ》がけに落とした。
刹那《せつな》、男の痩軀《そうく》が翻り、白刃が淳三郎の胴を抜いたのがわかった。
はあ？
淳三郎は全身から力と気が消えるのを覚え、刀を落とした。

何が起こったのか、わからなかった。
ただ、腹から臓物がこぼれそうになるので、両腕で押さえた。
それから気が遠のき、堤下の草むらへ落ちていった。
最後に見たのは、草むらに捨てられ、蛆《うじ》のたかった食い物のかすだった。
瀬島と遠藤は、逃げなければと、思う間もなかった。
菅笠の影が、見たこともない躍動をした。
束《つか》の間《ま》、二人は夜道に舞うその見事な躍動に見惚《みと》れたのだった。
瀬島は、頭蓋《ずがい》を割られた衝撃で、悲鳴をあげつつ堤下へ吹き飛んだ。
遠藤はかえす刀に腹から背まで貫かれ、柳の幹に凭《もた》れこんだ。
この男は、ぐふ、と呻いただけだった。
柳の根元にぐにゃりと身体を折り畳み、再び動くことはなかった。
菅笠の影は刀を納めた。
と、二つの人影が左右に並んだ。
「やりましたね」
年配の声がぽつんと言った。
「凄かった、旦那」

ともうひとつの影が声をふるわせて言った。


瀬島は暗い神田川の川縁を、助けを求めて這った。

黒い川の淵《ふち》が、かすかな音をたてていた。

すると、川縁の物乞い小屋から物乞いがぞろりと現れ、瀬島を見おろした。

「助けて、た、たすけて、くれえ」

瀬島は声を絞り出した。

「着物は売れるべえな」

物乞いのひとりがぼそぼそと言った。

「売れるべえ」

別の物乞いが応えた。

「刀もある。ええ拵《こしら》えだ」

「ああ、ええ拵えだ。高く売れるべえな」

物乞いたちはぐったりした瀬島を丸裸にし、

「残りは魚の餌《えさ》にしてやるべえ。無駄な物は何もねえ」

と川に投げ捨てた。

奥田淳三郎と遠藤肇の亡骸《なきがら》も同じだった。

破損した着物は端布《はぎれ》になり、刀は古道具屋に渡った。

十四

公儀新番方旗本、奥田家、瀬島家、遠藤家の部屋住みの淳三郎、博文、肇が欠け落ち、あるいは何事か不測の出来事に巻きこまれたか、ともかく行方知れずとなり、探索願いが出されたのは、その丸二日後だった。

同じ日、龍平は十日余りにおよぶ休みが解かれ、奉行所勤めに戻っていた。

「日暮が休みなもんだから、あんたの仕事をこっちに廻されてまいったよ」

と、同じ平同心の朋輩が言った。

平同心は決まった掛《かかり》がないのだから、あんたの仕事と言われてもな、と思いつつ、これで《その日暮らし》に戻ったかと、龍平は笑った。

昼すぎ、二月明番《あきばん》の閉じた表門の潜戸を出たところで、外出《そとで》から戻ってきたらしい与力の鼓晋作と出会った。

「やあ、今日からですか。休みはいかがでしたか」

と鼓は、いつもの清々しい笑みを龍平に投げた。

「お陰さまで、ゆっくり、骨休めをさせていただきました」

「それはよかった。日暮さんに迷惑をおかけし、申しわけなかった」

「とんでもありません。柳原堤の一件では、己の役目を己らしくやり遂げるやり甲斐を教えられました。むしろ、鼓さんのお陰です」

ははは……と鼓晋作は高らかに笑った。

「あなたは面白い考えをしている人だ。一度、家に遊びにきませんか。よろしかったら、お麻奈ちゃんもご一緒に、いかがですか」

「え、家内ですか」

「そうですよ。お麻奈ちゃんは、八丁堀の幼友達ですから。頭がよくて、綺麗で、亀島小町と評判のお麻奈ちゃんを知らない八丁堀の町方は、いませんよ」

「鼓さんこそ、美しい奥方がおられ……」

「ふふ……日暮さんと同じ旗本の、小十人組の家です。日暮さんと話が合うかもしれない。ぜひ」

といきかけた鼓が、「あ、そうそう」とふりかえった。

「奥田淳三郎、瀬島博文、遠藤肇の三人が行方知れずになって、町方にも探索願いが出されたのですが、ご存じですか」

「はい。今朝ほど、うかがいました」

「じつは、その件で奥田家へいき、奥田帯刀どのから話をうかがって戻ってきたところなんです」

龍平は頷いた。

「帯刀どのの申されるには、欠け落ちする心あたりが全くないそうです。憔悴《しょうすい》というよりも、わけがわからず、ただただ戸惑っている様子でした」

鼓はさらりと言った。

「ところで、噂がありましてね。柳原堤の物乞いや夜鷹の間で流れているらしい噂です」

「噂ですか」

鼓は龍平を見つめ、にやりとした。

「二、三日前の夜更け、柳原堤に魔神が現れ不逞《ふてい》の侍三人を討ち果たしたと。三人の侍は破落戸《ごろつき》で、みなに迷惑をおよぼし、見かねた魔神が侍らに罰を与えた、という噂です」

「討ち果たされた亡骸は、どうなったんですか」

「さあ。魔神が野に埋めたか、川に沈めたか」

「ご命令であれば、魔神を調べますが」

「放っておきましょう。埒《らち》もない噂ですから」

鼓はまた高らかに笑って龍平に背を向け、潜戸の中へ消えた。


同じ夜、大川から田楽《でんがく》橋をくぐった入り堀の北方《きたかた》にある本所石原町の小さな煮売り屋に、いがぐり頭に短く生えた髪がごま塩の男と同じ初老の煮売り屋のおやじが、狭い店土間の床几にかけて酒を酌み交わしていた。

明かり窓の外に、石原町の宿へ楓姉妹を送った余韻に浸るかのような送り連の提灯の灯が、まだちょろちょろと東方堀留の暗がりに見えていた。

「ようやく静かになった」

いがぐり頭が猪口を舐めて言った。

「たいした人気だ。三年もたつのに衰えることがない」

煮売り屋のおやじが猪口に酒をついだ。

「みな、あのせつない浄瑠璃語りを聞いて、泣きたいのさ。さめざめと泣いて、晴れぬ憂さを晴らしたいのさ。参と染之介は器量だけじゃない。おれも二人の浄瑠璃語りを聞いていると、堪らなくなる」

「おれだって同じだ。二人のためにできる事をするのが、今のおれの生きている意味だ」

「ふん、あんたを妙なことに、巻きこんじまった」

「おまえのお陰でおれは死に場所を見つけた。おれは生きていながら死んだも同然だった。生きることは地獄だった。礼を言うのはこっちだ」

「よせ。そんな神妙なことを言うのは、おまえらしくない」

二人は小さく笑い、互いの猪口に酒をついだ。

いがぐり頭が窓の外に目を転じて、ふっと言った。

「あっちは、大丈夫か」

「今のところ大丈夫だが、絶対とは言いきれん。事はすみやかに運ばねばな。兵は巧遅《こうち》よりも拙速《せっそく》を旨とすべしだ」

いがぐり頭は頷き、夜の帳《とばり》のおりた江戸の町に、じっと目をそそいだ。

第二話　古着

一

「せいやあ」

老寂《ろうさ》びたかけ声とともに、日に焼けた向こう鉢巻《はちまき》の船頭が、汀《みぎわ》の浅瀬に竿《さお》を突き、渡し船を河岸場《かしば》の栈橋《さんばし》から離した。

橋場より向島の寺島村へ渡す渡し船を、船頭が竿から持ち替えた櫓《ろ》を波間に軋《きし》ませて隅田川の半ばへ漕《こ》ぎ出すと、二丈《じょう》四、五尺《しゃく》（約七・二メートル）の船体は、遠目に見るより早い流れにもまれ、小さなのぼりくだりを繰《く》りかえした。

向島の堤には、まだ蕾《つぼみ》の固い桜並木が薄曇の空の下に連《つら》なり、豆粒ほどの人がちらほら堤上を往来している。

北へ帰り遅れた春鴨《はるがも》が一羽、向こう岸の水草の間に、物憂《ものう》く漂《ただよ》っている。

渡し船には、飛脚《ひきやく》箱を肩に担《かつ》いだ《便り屋》、向島の寮へでも帰る風情《ふぜい》の玄人《くろうと》めいた年増《としま》女とお供の下女、風呂敷の荷物を背負った行商ふうの男が、表船梁《おもてふなばり》と胴船梁、さな（船底）に敷いた筵《むしろ》を占めていた。

いつもの萌黄《もえぎ》の明るい羽織《はおり》に裾端《すそはしょ》折りの寛一は、小縁《こべり》に凭《もた》れかかり、船端を打つ流れへ手を浸《ひた》して、ゆるやかな春の川風に髷《まげ》をなびかせていた。

北町奉行所平《ひら》同心日暮龍平は、艫《とも》船梁に腰かけ、向こう岸の寺島村へ投げていた柔和な眼差《まなざ》しを、上流の岸辺の木だちに囲まれた水神や木母《もくぼ》寺の建物、さらに北方《きたかた》の鐘《かね》ヶ淵《ふち》のおぼろな風景へ、すっと流した。

老船頭の息遣いと、櫓床に櫓がごとりごとりとあたる音が、後ろから龍平の耳に物憂く触れていた。

橋場の水茶屋の端女《はしため》の訊《き》きこみをし、橋場から渡し船に乗った。

端女は、ひと月前、どんよりした雲が覆い雪が降って寂しげな隅田川に、屋根船と猪牙《ちょき》が並んで浮かんでいるのが見えたと言った。

言ったのは、あのあたりだろう。

龍平は、鐘ヶ淵の方角の小波のたつ川面に、屋根船と猪牙を浮かべてみた。

銀色の空の下を隅田川が閑々《かんかん》と流れ、岸辺は人の気配が途絶え、春の雪が舞っている。

猪牙が上流から屋根船に、音もなく漕ぎ寄せる。

網笠《あみがさ》をかぶった二人の男が乗りこみ、船遊びに興じていた阿部伝一郎をさらって速《すみ》やかに下流へ漕ぎ去っていく。

ほんの短い間の、物馴《ものな》れた者らの手際《てぎわ》だった。

阿部伝一郎の屋根船がくることを知って待ち伏せていたなら、あの鐘ヶ淵の水草の中だろうか。それとも……

と龍平は、対岸の蘆荻《ろてき》に覆《おお》われた岸辺へ目線を移した。

「船頭」

龍平はふりかえって、老船頭に話しかけた。

「へえ」

船頭は向こう鉢巻の日に焼けた顔に、長い年月の皺《しわ》を刻んだ。

「ひと月ほど前、隅田川のあのあたりで、ちょっとした変事があったのだが」

龍平は指差した。

「ひと月前？　正月の、春の雪が降った日の、昼下がりのことでやすか」

「船遊びの屋根船が、猪牙に乗った賊に襲われた一件だ」

「知ってまさあ。ここらへんでは評判だ。侍がひとり、金目あてか恨《うら》みかは知らねえが賊にさらわれて、賊も侍もまだ見つかってねえと聞いてやす」

「あの日は春の雪だった。渡しの客はやはり、少なかったか」

「凍《こご》えるほど寒かったせいで、あの昼下がりは客が、ありやせんでした」

「屋根船には、楓染之介という女義太夫《おんなぎだゆう》が務めていた。楓染之介が乗っていたことは知ってたかい。女の浄瑠璃《じようるり》語りが、聞こえたと思うんだが」

「浄瑠璃はむつかしくてよくわからねえだども、評判の女義太夫が務めてたのは聞いておりやす。船頭もろとも縛《しば》られて、猿轡《さるぐつわ》嚙まされたと」

楓染之介の名前に関心をそそられた船客が、龍平と船頭の方へふり向いた。

今、江戸で一番人気の女義太夫楓参と染之介の名前は、耳にした覚えがあるのだろう。

「その前でも後でも、不審な人物や変わったことを見かけなかったか。人から聞いた噂《うわさ》話でもいい」

「あっしは小屋に入《へ》えって、竈《かまど》の火の側でずっとうつらうつらしておりやしたもんで。変わったことと言えば、お侍が賊にさらわれたのに、御番所《ごばんしよ》のお役人さまのお調べが、一向になかったことでやすかね」

櫓を力強く軋ませつつ、船頭は定服《じょうふく》の龍平に笑いかけた。

「今お役人さまの、お訊《たず》ねになったのが初めてでやす」

渡し船は寺島村の桟橋に近づいていた。

《お休み処》の旗を垂《た》らした岸辺の出茶屋から、細い煙がのぼっている。

「そう言やあ、鐘ヶ淵の百姓のじいさんが、あの日のあの時分、綾瀬《あやせ》川の入《へ》えり口の岸辺で猪牙を見かけたと、言っておるそうで」

龍平は鐘ヶ淵の方角のおぼろな風景を、もう一度眺《なが》めた。

「鐘ヶ淵のじいさんか」

「それが、賊の乗った猪牙かどうかはわかりやせんが」

船頭は渡し船を桟橋に近づけながら、言い足した。

龍平と寛一は、寺島村の渡し場から向島の堤通りを北へとった。

日本橋から二里《り》（約八キロ）、隅田村に木母寺があり、その木母寺門前の料亭の若い衆があの雪の日、水戸家下屋敷《しもやしき》への使いの帰り、堤道で隅田川に浮かんだ屋根船より流れてくる女浄瑠璃を聞いている。

料亭の看板を羽織った若い衆は、

「春の雪と戯《じゃ》れているようで、うっとり聞き惚《ほ》れやした」

　と、勝手口わきの板敷のあがり端《はな》にかけた龍平に言った。

「薄墨を流したような隅田川に屋根船がぽつんと浮かび、雪がはらはら舞って屋根をうっすら覆いやしてね。菅笠《すげがさ》の船頭は急ぐふうもなく、のったりと櫓を漕いで、そこへ女浄瑠璃の語りが、すすり泣くように聞こえておりやした……」

　舞う雪に戯れる物悲しいひと節に聞き惚れた若い衆は、屋根船を横目に眺めつつ、なんと風情があるじゃないかと思った。

　だが、その後、屋根船が猪牙に乗った賊に襲われ、客がさらわれたその顚末《てんまつ》は見ていなかった。

「深々《しんしん》と冷えて、早く帰ろうと隅田堤を小走りに急ぎやしたので、そんな猪牙が近づいてるとは、気づきやせんでした」

　と、若い衆は首を傾《かし》げた。

　龍平と寛一は木母寺門前のその料亭を出て、次に渡し船の船頭から聞いた鐘ヶ淵の百姓のじいさんを訪ねた。

　鐘ヶ淵は隅田川と荒《あら》川と綾瀬川が三叉になった沢地の一帯である。

　水縁《みずべり》に蘆荻が繁茂し、広々とした田園を薄雲が覆《おお》っている。

じいさんは馬小屋の農耕馬の背中を、藁束《わらたば》でぬぐっていた。

栗毛《くりげ》の馬は鼻を鳴らし、土間にごとごとひづめの音をたてた。

「間違《まちげ》えねえでがす。綾瀬川から隅田川へ入《へ》える境あたりの水草の間に、猪牙が浮かんでるのが、見えやしたで」

じいさんは藁束を動かしながら言った。

あの雪の日、じいさんは馬に枯れ葦《あし》を食わせるため、そのあたりへ馬を引いていった。すると、そこらあたりの節《ふし》の長い水草の間から、猪牙より釣り竿を提げている舟客の様子が見えたと言う。

こんな雪の日に、物好きな釣り人だと、じいさんは思った。

「客が二人に船頭の、三人でがんした。三人とも網笠をかぶってたで顔は見ておりやせん。船頭は蓑《みの》をつけて、二人は渋柿《しぶがき》色の紙合羽《かみがっぱ》だった」

三人は言葉を交わしているふうもなく、寒気の中で凍っていた。

けれどもじいさんが馬を引いて近くの土手までいくと、じいさんを避けるように、船頭が竿を使い猪牙は離れていった。

じいさんが見たと言うのは、それだけだった。

「後《のち》に隅田川の屋根船の客が賊にさらわれた話を聞いて、もしかしてあの猪牙の客が賊だったかもしれねえと思うと、ぞっとしやした。さらうとこを見たわけではねえから、確かには言えねえだども」

「見かけはどうだった。太っているか痩《や》せているか、大きいか小さいか。侍か町人か、あるいはどこか不審に見えたところはなかったか」

龍平の問いにじいさんは応えた。

「二人とも痩せてもいなかったし、太っても見えなかった。猪牙に腰をおろしてたで、大きいか小せえかはわからねえ。ましてや、侍か町人かまではまったく。網笠もかぶってたし」

そして、ふっと思いついたように「けど……」と言い添えた。

「ちっと、船頭が船頭らしく見えなかった」

「どういうことだ。竿の使い方がぎごちなかったのか」

「うんにゃあ。竿はちゃんと使ってた。背丈も人並だったたし。けど、あのときの船頭はどこか船頭らしくなかった」

「年寄りか、若い男か」

「若かったように、思いやす」

馬がふさふさした尾を払って虫を追った。

「気のせいかもしれねえが、竿を握った船頭の指が、細っこくて生《なま》っ白《ちろ》かったんで。ちょこっと見えただけなのに、白くて長え指で竿をつかむのが妙に目だったんでごぜいやす」

「白くて細長い指？　もしかしてそれは、女の手に見えたと、いうことか」

「まさか、そんなことはねえだども……」

じいさんは日に焼けた皺だらけの手でつかんだ藁束で、馬の背や胴を、ざざ、ざざ、とぬぐい続けていた。

二

鐘ヶ淵から向島の堤道を南へ戻り、隅田川沿いを下った。

隅田堤の桜並木が花見客で賑《にぎ》わう桜の咲くころまでは、まだ少しかかる。

朝から薄曇のはっきりしない天気だったが、春も半ばが近づいて、肌寒さはもうなかった。

本所の石原町まではちょっと遠いが、暖かさに誘われ、龍平と寛一は、このまま隅田堤を、ぶらりぶらり、歩いていくことにした。

神社仏閣の甍《いらか》が木だちの間にそびえている堤道で、寛一が言った。

「旦那《だんな》、楓姉妹とは因縁が続きますねえ」

龍平は、生ぬるい川風に町方同心定服の黒羽織の裾《すそ》をなびかせた。

「楓姉妹にはかかわりのない話でも、案外、あの姉妹の周りでは勝手に変事が起こってしまう、そういう運勢を背負ってるのかもな」

「そうか。そういう運勢だから、人気も半端じゃねえんだ」

寛一は「そうなんだ」と、繰りかえし頷《うなず》いた。

大川から本所石原町の田楽橋をくぐって入り堀の南方、堀留になった一ツ目《ひとつめ》之橋へと続く通りに沿った裏店《うらだな》に、女義太夫楓参と染之介姉妹の宿がある。

龍平と寛一は、一カ月前、隅田川で連れ去られた阿部伝一郎の一件について、連れ去りの場にまさに居合わせた楓染之介の話を訊くため、本所石原町にある楓姉妹の宿へ向かっていた。

御番所勤めに復官して数日がたった昨日の夕刻だった。

同心詰所で帰り支度をしていた龍平に、奉行用部屋へすぐくるようにと呼び出しがきた。

こういうときはたいてい、新しく火急な役目を命じられる。

奉行用部屋へいくと、十人の手付《てつき》同心が書見台に向かっている奥に、奉行永田備前守と小人目付《こびとめつけ》岡儀《おかぎ》八郎《はちろう》という黒羽織の士《さむらい》が龍平を待っていた。

小人目付は、旗本御家人を監督する目付の支配下にあり、目付の耳目となって探索を務める俗に隠密目付と呼ばれる役人である。

そこで龍平は、一カ月前、隅田川で船遊びのさ中にさらわれ、未《いま》だ行方が知れぬ公儀勘定吟味役筆頭阿部勘解由の倅《せがれ》伝一郎を、見つけ出し、一味を捕縛せよとの命令を仰せつかった。

じつは、この阿部伝一郎誘拐《かどわか》しの一件は、伝一郎の命にかかわる恐れがあるため町方は申すにおよばず、公儀においても一部の目付以外には知らされず、密かに探索が進められていた。

目付より命を受け、一カ月にわたり、隠密探索にあたってきたのが小人目付の岡儀八郎だった。

伝一郎をさらった賊より、阿部家に千両の身代金要求と、目付町方に知らせたときは伝一郎の命はないものと思え、という脅迫がもたらされていた。

その身代金要求と脅迫を阿部家に伝えたのが、伝一郎が船遊びの興趣にともなっていた女義太夫の楓染之介と、浅草橋の船宿《木邑》の老船頭だった。

伝一郎がさらわれた折り、二人は賊に縛られ、騒がぬよう猿轡を嚙まされ、屋根船の障子をたてた中に転がされていた。

「勘定吟味役とは申せ、千両は無理でござる。阿部さまは内密にお目付に相談なされ、賊との交渉を阿部家が進める裏で、それがしが探索をしてまいりましたが、遺憾ながら、未だ手がかりはござらん」

また伝一郎を解き放つ交渉もゆきづまり、一昨日の夜、

《目付が動いている節がある。伝一郎の命はこれまでと覚悟せよ》

という内容を記した文が阿部家屋敷に投げこまれた、と岡は事情を語った。

「こうなっては、われら小人衆のみならず、町方の協力を仰ぐべきであるとお目付と阿部さまの間で相談がまとまり、お目付さまの命により、それがしがまいった次第です」

目付と北町奉行永田備前守は、高官の旗本の家柄で旧知の仲だった。

一昨日の深夜、目付から奉行に助力を頼む内々の文が届いた。

内々の依頼には、阿部家より、伝一郎存命の余地はまだ残っているうえ、船遊びのさ中にさらわれた武門の面目をそこねる惰弱《だじやく》さを恥じ、できうる限り表だっ

た騒ぎにならぬように願うと、懇請《こんせい》があった。

昨日、奉行は年番方筆頭与力福澤兼弘《ふくざわかねひろ》と、北町随一《ずいいつ》の腕利きで奉行の懐《ふところ》刀《がたな》と評判の高い隠密廻り方同心萬七蔵《よろずななぞう》に諮《はか》った。

龍平が、柳原堤の一件で女義太夫楓姉妹の送り連《れん》を探っていたことから、三者の思惑《おもわく》は、日暮にということですぐにそろった。

「阿部伝一郎も楓染之介のひいきでした。かかわりがないかもしれませんが、ここは、日暮にやらせましょう」

と、そんなやりとりで廻ってきた役目だった。

「日暮、おぬしの思うやり方で進めてよい。しかし、結果を出せ」

奉行は昨日、悠然と龍平に命じた。

平同心の龍平に、否《いな》やはない。

そして、今日である。

龍平は、岡儀八郎の隠密裡《り》の探索はそれとして、もう一度、伝一郎がさらわれた周辺の事情の訊きこみをすることから、探索を始めた。

初めに、神田藁店《わらだな》の波野黒雲を訪ねた。

楓姉妹の高座や座敷の務めを黒雲が仕きっていることは、《飛龍魔連》の探索の折りに、人宿《ひとやど》《梅宮》の宮三が調べ出している。

あの春の雪の日も、阿部伝一郎の船遊びの務めに、浅草橋の船宿・木邑まで楓染之介をともなっていったのは、黒雲である。

だが、黒雲亭に黒雲は不在で、大道芸人らが勝手に芸を披露していた。

龍平と寛一は浅草橋の船宿・木邑へ寄り、老船頭への訊きこみをした。

それから橋場へとって、水茶屋の端女の話、橋場から渡った向島は木母寺門前の料亭の若い衆、ついでに鐘ヶ淵の百姓のじいさんをも訪ね、そして次が楓染之介だった。

三

楓染之介は、白い頰《ほお》を童女のようにほのかに染めていた。

朱、藍、薄茶の草木を散らした振袖《ふりそで》が若やぎ、それでいて蕾はまだ開かず、色香よりも美童を思わせるしなやかさに輝いて見えた。

染之介は、濁りのない澄んだ声で、

「お師匠さんの言いつけを守り、ただ、芸の道を歩むばかりでございます」

と目を伏せ、龍平に言った。

「お師匠さんとは、波野黒雲さんのことだね」

「子供のころから、姉とともに黒雲先生に芸を仕こまれ……」

「厨子丸一座、だったね」

染之介はほんのり笑みを浮かべ、可愛《かわい》らしく頷いた。

「ご両親も芸人なので？」

「父のことは存じません。わたくしも姉も、厨子丸一座の旅の途中で生まれた子と教えられております。芸人の母はわたくしが幼いころ病がもとで亡くなり、以来、同じ厨子丸一座の黒雲先生が、父親代わりになってくださいました」

「黒雲さんは、芸の師匠であり育ての親でもあったわけか。それで黒雲さんに従って江戸へ……」

「はい。芸のみならず、人として生きる術《すべ》を学びました」

ともに学んだ姉のお参は、その本所石原町の裏店の、台所の土間で龍平と寛一に出す茶の用意をしている。

表戸を入って三和土《たたき》に三畳ほどの板敷、四畳半と台所、それに梯子《はしご》をのぼって二階にもうひと部屋、三畳間があった。

四畳半の明かりとりの竹格子越しに、入り堀と石原町の家並が見えている。開け放った表戸の腰高障子《こしだかしょうじ》の外では、裏店の子供らが喚声《かんせい》をあげ、どぶ板を鳴らし走り廻っていた。

蝶《ちょう》の小紋に花紫の小袖《こそで》をしゃんと着こなした姉のお参が、どこかしら鉄火な気風《きっぷ》さえ醸《かも》す小粋な風情で、盆に茶碗を運んできた。

「どうぞ、おあがりください」

茶碗を差し出すお参の明るい笑みが、眩《まぶ》しい。

二人ともほっそりと背が高く、肌理《きめ》は艶《つや》やかに、類《たぐい》まれな美人姉妹だった。

龍平は一度、築地の寄席《よせ》で楓参、染之介姉妹の浄瑠璃語りを聞いたが、高座にあがった華麗な女義太夫の艶姿《あですがた》より、今、目の前にいる二人は艶《なま》やかな血潮を物静かに秘め、そしてたぎらせているかのようだった。

「あれだけの数の送り連が送ってくる夜は、この町内は人があふれ、さぞかし賑わうだろうね」

「ご近所のみなさまのご迷惑ですので心苦しいのですけれど、わたしども芸人は、お客さまのごひいきによって生かさせていただく泡沫《うたかた》の身。家主さまやご近所のご温情におすがりいたし、この宿で暮らさせていただいております」

お参が言い、染之介は島田の簪《かんざし》をゆらした。

「江戸に出て三年の月日、芸ひと筋に暮らすことが、できております」

「黒雲亭をのぞいたが、黒雲さんは留守だった」

龍平は湯気の立つ茶碗を口に運んだ。

「黒雲さんを訪ねたのもそうだが、今日うかがったのは、阿部伝一郎さんが隅田川でさらわれたあの件なんだ」

「はい。承知いたしております」

と染之介は応えた。

「染之介さんもひどい目に遭《あ》って、思い出すのも辛いだろうが、伝一郎さんはまだ見つかっていない。染之介さんは、あの日あの場の一部始終を見ている。それを、聞かせてもらいたい」

「あの日のことは、阿部さまのお命を助けたくば、阿部さまのお屋敷の方にお伝えする以外、いっさい誰にも話してはならないと賊から固く戒《いまし》められ、お役人さまにもお話しできず、辛《つろ》うございました」

染之介はひと言ひと言を、覚えている事情を確かめるように話し始めた。

「あの日の阿部さまのお務めは、半月前から決まっておりました」

阿部家の足軽《あしがる》が黒雲亭の黒雲を訪ね、決めた日どりだった。

伝一郎の船遊びのつれづれに、浄瑠璃を語って慰める務めだった。

昼前から雪になったあの日、黒雲にともなわれて浅草橋の木邑へいった。

伝一郎は足軽を従えていたが、足軽は一旦《いったん》屋敷へ帰り、暗くなってから木邑へ迎えにくる手はずになっていた。

屋根船の中で、伝一郎とはずっと二人きりだった。

船頭は伝一郎が呼ばぬ限り、たてた障子の中に入ってこない。

伝一郎は置炬燵《おきごたつ》にぬくもり、少しずつ酒を呑《の》みながら、春の雪を愛《め》で、染之介の語る浄瑠璃に聞き入っていた。

屋根船はゆるゆると隅田川をさかのぼっていた。

「賊に襲われましたのは、浅草寺《せんそうじ》の鐘が昼八ツ（午後二時頃）を報《しら》せた後でございました」

網笠をかぶった大柄な男が二人、脇差《わきざし》をかざして艫の方より突然乱入し、船頭と伝一郎をあっという間に縛りあげた。

刀をわきへ置き横になっていた伝一郎は、抜刀どころか脇差を突きつけられ、ただ怯《おび》えるばかりだった。

「わたくしは、いったい、何が起こったのかわけがわからず、初めはぼんやりいたしておりました」

染之介は両掌を握り合わせ、胸で組んだ。

「けれど、ごひいきの阿部さまの身の災難に気づき、助けを呼ぼうと思いましたものの、助けを呼ぶや否や、賊に斬られると思うと、恐ろしくて声が出なかったのでございます」

「それはそうですよ。もっともだ」

寛一が同情して言った。

賊は染之介をも縛り、三人に猿轡を嚙ませた。

それから伝一郎を藁茣蓙《わらござ》でくるみ、屋根船を後にする前に、縛られた染之介と船頭に言った。

「阿部家の者に伝えろ。伝一郎の命が大事なら身代金千両を用意し、受け渡しの方法を知らせるまで待て。このことは阿部家の者以外、いっさいもらすな。万が一、町方が探索する節が見えたときは、伝一郎は二度と戻らないとな」

賊は藁茣蓙にくるんだ伝一郎を担いで、運び出していった。

「それから、わたくしと船頭さんは、船が流され、夕七ツ（午後四時頃）ごろ、両国橋で助けていただくまで、そのままでおりました」

「賊の顔の特徴や年のころは、わからないかい」

「網笠の下に頬かむりをしており、船の中も薄暗くて」

賊の顔がよく見えなかったことは、木邑の船頭も言っていた。

昨夜の岡儀八郎の説明でも、賊の顔や年ごろは不明ということだった。

「助けられたのが夕七ツごろだと、そのままで一刻《いっとき》（約二時間）近くかかっている。あの日は春の雪だった。さぞかし寒かったろう」

「はい。でも……」

と染之介は少しためらいを見せた。

「置炬燵の中に足を入れられましたので、寒さはどうにか」

「置炬燵の中に？　それは賊が入れたのか」

染之介は小首を物思わしげに傾げた。

「身代金のことなどは、阿部家の者以外には話していないんだね」

「はい。姉さんにも、黒雲先生にも。阿部さまのお命に障《さわ》りがあるからとだけしか。ただ……」

染之介は、後日、阿部家の用人《ようにん》が岡と名乗る役人を連れて現れ、経緯《いきさつ》を話すように命じたので、岡という役人には話した。

姉のお参が、とつとつと語る染之介をいたわるように頷いていた。

「もうひとり、賊の中に猪牙の船頭がいたんだが、それは？」

「いえ。わたくしは賊が乗った猪牙も船頭も見ておりません。木邑の船頭さんがそんな話をなさっていたので、知っただけです」

龍平は、妙な人さらいだと思った。

金目あてだけに人さらいを企《たくら》んだ賊が、たまたま居合わせた女義太夫や船頭を縛りあげて猿轡を噛ませ転がしておくのに、寒さを気づかうだろうか。

面倒だから殺してしまえ、というのならわかるが。

それに金目あてだけの賊なら、身代金を手に入れるため、もっとさまざまな動きをするはずだ。

ひと月がたち、未だ金の受け渡しもしていないのはどうしたことだ。

賊が阿部伝一郎を狙《ねら》っていたことは確かだ。

だから待ち伏せをしていたし、勘定吟味方筆頭役なら裕福だと思うだろう。

だとしても、狙うならなぜもっと豊かな商家にしなかったのだ。

勘定吟味役筆頭ではあっても、武家に千両の身代金が簡単ではないことぐらい、今どき、子供でも知っている。

ましてや、武家のそれも公儀高官の家を狙うのはきわどすぎる。

ふと龍平は、この人さらいには、あるいは千両の身代金には、金目あてとは別の意図が隠れているのではないか、という気がしてきた。

鐘ヶ淵の百姓のじいさんが言った《猪牙の船頭の竿を握る細長く白い指》が龍平の脳裡をよぎった。

龍平は姉のお参に訊ねた。

「その日、お参さんはどうしてなさった」

お参は、はっ？　と顔をあげた。

「はい、あの日は、染之介だけのお務めでしたので、ずっとひとり、家ですごしておりました」

あの雪の舞う日、お参はこの家で、妹の帰りを待っていた。

そう、それだけだ。

龍平は四畳半の明かりとりの竹格子の向こうに、石原町の入り堀を眺めた。

雲が少し晴れ、大川から二町《ちょう》（約二二〇メートル）ばかり入った五間《けん》（約九メートル）幅の堀に薄日が差していた。

一艘《いっそう》の猪牙が、水面を滑り、切岸《きりぎし》の北側の岸辺に止まるのが見えた。竿をついていた男が、籠《かご》を背負って猪牙をおりた。年配の男で、何かの買い出しから戻ってきた様子だった。男は岸辺から雁木《がんぎ》をあがって、入り堀端の煮売り屋へ入った。腰高障子に《串田楽《くしでんがく》》の墨文字が読めた。

ああ、あそこに煮売り屋があったのか、と龍平は思った。

四

日がだいぶ長くなり、外はまだ明るかったが、年番部屋では中間《ちゆうげん》が行灯《あんどん》に灯《ひ》を入れた。

夕七ツを半刻《はんとき》（約一時間）以上廻り、年番部屋に勤める与力や下役同心、書物方はもう退出していた。

南隣の年寄《としより》同心詰所から、とき折り、談笑の声が聞こえていた。

「賊は凶悪だが、愚かだ。千両もの身代金を、一勘定吟味役にすぎぬわが阿部家においそれと用意できぬことぐらい、わかりそうなものだ」

紺羽織に袴《はかま》の阿部家用人槇原藤次が、淡々と言った。

色白の面長《おもなが》に、細い唇がくっきりと結ばれていた。

「しかしながら、伝一郎さまのお命には代えられません。出入りの両替商などから、いろいろと理由を拵《こしら》えて、どうにか千両をかき集めました。ところが賊の方からの動きがどうも鈍く、一向に埒《らち》があかんのです」

「われわれの、隠密の探索が賊に気づかれたとは思えません。たとえ気づかれたとしても、よほどのことがない限り伝一郎さまには手をかけないでしょう。賊は金を手に入れることを第一義に考えるはずですから」

と言ったのは、小人目付の岡儀八郎だった。

「だが、ひと月も伝一郎さんを、周りに知られず閉じこめておける場所は簡単には見つかりません。手にあまって人質を消してしまう、というのは凶悪な人さらいがよくやることです」

継裃《つぎかみしも》の福澤兼弘が、煙管《キセル》の灰をたばこ盆の吐月峰《とげつぽう》に吹いた。

福澤は煙管をたばこ盆に、からん、と置き、

「幼い子であれば、他国の人買いに売り払うということもありますがな」

と、膝《ひざ》で五十すぎの骨張った掌《てのひら》を組んだ。

槇原が煙草入れから煙管を出し、「よろしいか」と福澤に言った。

「どうぞ」

福澤が頷き、槇原はたばこ盆を寄せ、刻みを詰めた。

年番方与力筆頭の福澤兼弘の右に、阿部家用人の槇原藤次、左に小人目付岡儀八郎、そして龍平は福澤と向き合い、落縁《おちえん》を仕きる襖《ふすま》を背に着座していた。

岡儀八郎が槇原藤次とともに、夕刻、再び奉行所を訪ね、奉行の指示でこれからの方策を年番部屋で協議していたところであった。

昼間の訊きこみから戻った龍平は、年番部屋のその協議の場に呼ばれ、槇原の紹介を受けた。

槇原は、少し下ぶくれの、生白く柔和な顔つきが見方によっては頼りなげに映る龍平に、かすかな失望の表情を隠さなかった。

協議といっても、三人は現状を、ああだろう、こうだろう、と言い合うのみで、打つべき手だてはなかった。

槇原は煙管を吸って、ふうっ、と煙を吐き、溜息《ためいき》をつくように言った。

「賊の方からの接触を待って動くしか、手がござらんのです」

「福澤さんが言われたように、侍を長々と閉じこめておける場所はそうはありません。江戸市中であれば、誰かが不審なことに気づくと思う。われわれが必ず伝一郎さまを救い出して見せます」

岡が力強く言った。

「未だ、ご存命であれば、ですがな」

福澤は腕組をし、冷めた口調でいなした。それから、

「日暮、今日の調べはどうだった。何かつかめたことはないか」

と龍平へ目を転じた。

「残念ながら、新しい手がかりは見つかっておりません」

龍平は福澤に黙礼し、応えた。

「同じ者に訊きこみを繰りかえしても結果は同じでござろう。ここは町方の手先を動員してですな、伝一郎さまが閉じこめられていそうな場所を虱潰《しらみつぶ》しにあたるべきだ。町方にはそういう探索をしていただきたいのです」

「しかし、あまり人を動員して、騒ぎが表だつのも困るのでしょう」

福澤が岡ではなく、槇原に言った。

槇原は色白の面長な顔を曇らせた。

「賊は町屋の者とは限りません。侍ということも考えられ、武家地のどこかの屋

敷に閉じこめられている場合もあります。町方の手はおよびません」

龍平が言った。

「ですから、武家地の方はわれわれに任《まか》せておけばよろしいのです」

岡が尊大に応じた。

龍平は岡にかまわず、神田の黒雲亭から始まり、浅草橋の船宿・木邑の船頭、橋場の端女、向島から鐘ヶ淵、最後に石原町の楓染之介を訪ねた今日一日のあらましを述べた後、

「ささいなことですが、今日の訊きこみで妙に思ったことがあります」

と槇原に言った。

「何が妙ですか」

槇原は一服した煙管を煙草入れに戻していた。

「楓染之介によれば、賊は楓染之介と船頭を縛って屋根船に残すとき、二人を置炬燵の中へ足を入れられるように転がしたようです。二人が両国橋で助けられるまでおよそ一刻、それでどうにか寒さがしのげたと」

「それが？」

「賊は明らかに伝一郎さんの屋根船を待ち伏せしていた。おそらく、鐘ヶ淵あた

りで猪牙の釣り客を装い。その金目あての凶悪な一味が、屋根船に残した芸人や船頭を殺さなかったうえに、寒さまで気づかったのです」

「ふむ。あまり人さらいらしくない」

　福澤が口を挟んだ。

「つまり賊は、伝一郎さんの誘拐《かどわか》しが目あてだったが、その場にたまたま居合わせた他人に危害をおよぼす意図を持っていなかった。賊は、それほど凶悪な一味ではないのかもしれません」

　岡が、ふん、と鼻を鳴らした。

「それは日暮どのの推量でござろう。金目あてに人をさらうのだから、凶悪な一味に決まっておる」

「そういう推量ができる賊の手口だったと、言いたいのです」

「だからと言って、そんな推量をしてなんの意味がござる。問題は伝一郎さまを救出することですぞ」

　福澤が、何が言いたい、という顔つきを龍平に投げてきた。

「槇原さん、賊が伝一郎さんを連れ去ったのは、金目あてではない場合が考えられませんか。もしかしたら、この一件には、伝一郎さんやあるいは阿部家のどなたかに、遺恨意趣を持つ者らの意図があるとしたら」

槇原はすまして、眉《まゆ》ひとつ動かさなかった。

「何を言い出すのかと思ったら……」

岡が声をあげて笑った。

「むろん、遺恨意趣とは限りません。けれど金目あてでないと考えるなら、勘定吟味役筆頭の役方には重すぎる千両という身代金や、ひと月も金の受け渡しが進んでいない現下の有りさまは、案外分明ではないのかもしれない」

「馬鹿を申されるな」

「金目あてだけの人さらいなら、金持ちの商家の者を狙った方がより容易《たやす》いし、危《あや》うさも少ない。それがなぜ、武家の公儀勘定吟味役なのでしょう」

「それはたまたま伝一郎さまが女義太夫を……」

岡は言いかけて黙った。

龍平はさらに続けた。

「たとえば賊が、千両という身代金で阿部家に金額以外の意味を指し示しており、阿部家の方だけにその意味がわかるとか……」

槇原は応えず、龍平に鼻梁《びりょう》の高い横顔を向けていた。

「あるいはこの一件はひと月ではすまず、伝一郎さんをさらったまま半年、一年、三年五年、十年と、賊は阿部家となんらかのかかわりを持つことを意図しているとか……」

「千両に、その金額以外にどんな意味があると言われる。人さらいが阿部家になんらかのかかわりですと？　何を根拠に」

「根拠はありません。確かに、わたしの思量にすぎません。ですが、賊の意図がただの金目あてなのか、それともほかに目あてがあってのことなのか、それによっては探索の手だて方策も違ってくるということです」

するると、槇原が龍平を横目に、冷ややかに見た。

「阿部家が他人から遺恨意趣を抱かれるようなことは、何もござらん。われらは苦しんでおる。千両が一勘定吟味役にすぎぬ阿部家にどれほどの痛手か。伝一郎さまがご無事でいられることが、どれほど大事か」

「本当に、それのみですか」

「本当にとは、心外な」

槇原は吐き捨てた。

「日暮、槇原さんの言われることはもっともだ。賊にどのような目あてがあるにせよ、でき得る限りの手だてをつくすのが町方の務めだ。おぬしの、なすべきことをなせ」

福澤が龍平を制した。

岡儀八郎が不服そうに龍平を睨《にら》んでいた。

年寄同心詰所の方から、数人の笑い声が聞こえてきた。

外は、夜の帳《とばり》がすっかりおりている気配だった。

「全力で務めを果たします」

龍平は槇原の無表情な横顔に言った。

五

翌日、昼——

神田竪大工町の人宿・梅宮の主人宮三は、深川富ヶ岡八幡宮《ふかがわとみおかはちまんぐう》の正面大鳥居前をすぎて、日差しの落ちる通りを東に三十三間堂町《さんじゅうさんげんどう》へ向かっていた。

宮三は、永代寺門前東町《えいたいじもんぜんひがし》から汐見《しおみ》橋手前の三十三間堂町の小路へ折れた。

三十三間堂門前の小路に、《平田屋《ひらたや》》という間口二間（約三・六メートル）ほどの小さな古着屋が店を構えている。

宮三は細縞《ほそじま》の羽織の下の龍紋《りゅうもん》の男帯をぽんと叩《たた》き、平田屋の前土間に入った。

畳敷の店の間に、古着がうずたかく積まれ、男物女物にわけて壁際へぞろりと吊《つ》りさげてある。

痩せた四十前後の主人が、奥の帳場格子の中から宮三に、

「はあ、どうも」

と商売っ気の乏《とぼ》しい目配せを寄越《よこ》した。

店にほかの客はおらず、主人は、勝手にどうぞ、と言わんばかりに帳場格子から出てこなかった。

「失礼します。ご主人の升吉《ますきち》さんですね」

宮三は笑みを投げた。

「神田の竪大工町で梅宮を営みます、口入れ屋の宮三と申します」

「口入れ屋？　うちは今、人手は足りてるよ」

主人は、ぶっきらぼうに言った。

「いえ、そうじゃねえんで。じつはあっしは、事情がありまして御番所の御用も務めさせていただいており、今日おうかがいしましたのは、御用の筋にちょいと

かかわりのあることでございます」

宮三が御用と言ったからか、主人はぽかんとした顔つきになった。

それから「よいこらしょ」と帳場格子を出て店の間のあがり端《はな》に座った。

「どのような、御用でございましょう」

「平田屋さんは、先月の終わりごろ、お旗本のらしい古着を仕入れなさったそうですね。そいつを見せていただきたいんで」

宮三は店中を見廻して言った。

宮三の下っ引きを務める手下のひとりが、公儀旗本の物らしい古着が、深川の古着商平田屋で売りに出されているという知らせを持ってきたのは、今日の昼前だった。

手下が言うには――

先月一月の下旬、平田屋主人升吉が、顔見知りの古着の行商から、武家の物と思われる袷《あわせ》の小袖に仙台袴《せんだいばかま》と二重《ふたえ》の羽織を買った。

平田屋は、確かに仕たてのいい紬《つむぎ》などであり、これなら掘り出し物だと思ったということだった。

ただ、羽織は無紋だったが、小袖に家紋が染めてあった。

平田屋は近ごろは家紋も飾りが多いし、棒を書き足したり丸囲いをして形を変えてしまうこともできるので、大丈夫だろうとは考えた。

だが、万が一、お大名や公儀高官の家紋だった場合、やっかいなことになると思い、平田屋はどこの家紋かを調べたうえで売ることにした。

するとやはり、家紋が公儀旗本の御家中ではないかと言う者がいた。

平田屋は売るのは刻を置いてからと考え、着物を上客に見せるだけで売らずについつい日がたっていた。

手下は、親分の宮三から旗本の家中の着物が古着に出廻っていたら「どんなぼろでもいいから知らせろ」と言われていた。

昨日の夜、手下は人伝《ひとづて》に平田屋の話を聞きつけ、今日の昼前、早速、宮三へ知らせに走ったのだった。

「着物が尋《たず》ねている物であれば盗品の恐れがあります」

と宮三は言った。

「平田屋さんにはとんだとばっちりだが、知らずに売り払った後でやっかいな事態に巻きこまれねえように、ちょいと、確かめさせていただけませんか」

と宮三は、伝一郎誘拐《かどわか》しの一件は伏せて、平田屋に事情を語った。

すると平田屋は、細い一重の目を不機嫌そうに尖《とが》らせ、

「それが盗品だったら、うちの損害はどうなるんです」

と宮三を恨めしげに見つめた。

「お気の毒だが、売り物にするわけにはいきませんねえ。仕入れた相手から、金を戻してもらうしか、手はありません。それにもしそうなら、仕入れ相手にも、話を訊くことになります」

平田屋の主人はしぶしぶと立ちあがって、部屋の隅《すみ》奥から柳《やなぎ》行李《ごうり》を運んできて上蓋《うわぶた》をとった。

銀ねずの羽織と麻の葉模様の紬の小袖、それに細縞の仙台袴が綺麗に畳《たた》んで重ねてあった。

平田屋は、けっこう高値でさばけると、踏んでいるのだ。

「上等な物だが、言い値で売るので買ってくれないかと、知り合いに持ちかけられただけなんですけどね」

と言いながら、惜しそうに指先で埃《ほこり》を払う仕種《しぐさ》をした。

「上等な物を言い値で売る、と言うのも怪しい話でさあね。拝見します」

宮三は小袖の家紋を見た。

「言い値と言うのは、それなりの値段、という意味なんです。商売ではそんな言い方をするんです」

平田屋は《それぐらいわからないかね》という目つきを宮三に向けた。

「失礼しました」

宮三は穏やかな笑みをかえし、小袖を丁寧《ていねい》に畳んで柳行李へ戻した。

「それで、どうなんです？」

「間違いありません。これはあっしの尋ねてるお旗本のご家中の家紋です。売るのはやめた方がいいでしょう」

「ちっ」

平田屋は宮三にもかまわず、いまいましげに舌を打った。

「仕入れたお知り合いを教えていただけますか。どこで手に入れたか、確かめないといけませんので」

「ご案内しますよ。こっちだって、金をかえしてもらわなきゃあ」

平田屋は立ちあがり、前垂れをはずした。

格子縞の羽織をひっかけ、

「ちょいと出かけるから、店番頼むよ」

と裏へ声をかけた。

その身の罪も深川に……

架かった閻魔堂《えんまどう》橋と呼ばれる富岡《とみおか》橋を渡り、平野《ひらの》町の裏店は、九尺二間のぼろ家だった。

宮三と平田屋は、半刻ばかり、行商の豊吉《とよきち》の帰りを待った。

豊吉は、背中の曲がった母親と二人暮らしだった。

母親は欠けた碗にぬるい白湯《さゆ》を出した。

豊吉は古着の行商ではなかった。

両天秤《りようてんびん》に小裂《こぎ》れを鈴生《すずな》りにぶら提げ、どぶ板を踏んで戻ってきた。

四畳半のあがり端にかけた宮三と平田屋の主人と顔を合わせると、向こうかぶりの手拭をとり、痩せた腰を折った。

「これは平田屋さん、何かご用で」

「何かご用で、じゃないよ。あんた、なんて物を売りつけたんだ。うちは大損したうえに、とんだ赤っ恥をかかされたんだよ」

平田屋は頭ごなしに声を荒らげた。

「え？　それは、なんのお話で、ございますか」

「先だっての、あんたが掘り出し物だと言って無理やり売りつけた、どっかの武家のらしい羽織と小袖と袴、あれはね、盗品だったんだよ」

「ええ、やっぱり」

豊吉はうな垂れて、頭を抱えた。

「やっぱりだって。あんた、盗品と知って売りつけたのかい。あたしになんの恨みがあって、そんなことをするんだ」

「ちょ、ちょいと待ちなせえ、平田屋さん。着物の家紋は確かに探している旗本のご家中のものだったが、盗品と決まったわけじゃあねえんで」

宮三は、悄気《しょげ》ている豊吉をかばった。

平田屋の怒鳴り声を聞いて、裏店の住人たちがのぞきにきた。

「上等な品物なんで、ひょっとしたらあぶないかなと思いましたが、うまくやれば少しは儲《もう》けられると、つい欲が出て」

「とんでもない人だね。金はかえしてもらうよ。半月の利息をつけてね。こっちは大損してるんだから。二百文《もん》、耳を揃《そろ》えてかえしなさい。面倒だから利息は後でいいよ。さあ、かえしなさい。かえせったら」

平田屋は、豊吉の継《つ》ぎ接《は》ぎだらけの上着の前襟にしがみついた。

形《なり》は平田屋より豊吉の方が大きいが、豊吉は力なくゆさぶられ、

「すみません。百文ちょっとしかありません。けど、それをとられたら今夜の飯が……」

と、べそをかきそうだった。

老いた母親が破れ畳の四畳半の隅から這《は》ってきて、おろおろしていた。

「そんなこと、あたしには関係ないね。宮三さん、こいつですよ、悪いのは。御番所へしょっ引《ぴ》きますか」

「平田屋さん、落ちつきなせえ」

宮三は二人をわけた。

あの着物が二百文とは、仕入れ値でもずいぶん安い。

羽織、小袖、袴を合わせれば、どんなに安く見たって一両近くで売れる。

あぶない品とわかっているから買い叩いたのだと、宮三には察しがついた。

「豊吉さん、あっしは神田竪大工町の宮三と申します」

宮三は名乗り、御用の筋の仕事もしており、古着で出廻っているかもしれない旗本の家の着物を探して平田屋を訪ね、それからここへきたと話した。

「という事情で、着物の出どころを知りたいんですよ。豊吉さん、どこの誰から、あの着物を仕入れなさいました」

「へえ。あれは先月の下旬ごろ、小名木川《おなぎ》の高橋《たかばし》を通りかかったところ……」

豊吉は先月下旬、高橋の袂《たもと》で物乞い風体の男から声をかけられ、百文でいいと、着物を売りつけられた。

物乞いが手に入れられる物ではない高価な品とは怪しんだものの、百文という値に釣られて、つい手を出してしまったのだった。

その足で平田屋へ向かい、欲をかいて五百文で買ってもらえないかと持ちかけたが、そんな出どころのわからない品物に五百文も出せない、百文なら買ってやると言われ、それをどうにか百五十文に交渉して売り払った。

「百五十文？　二百文じゃねえのかい」

宮三が言葉を向けると、平田屋は、

「汚れを落としたり皺を伸ばしたり、売り物にする手間をこっちが負った手間賃ですよ。売る方がしないといけないんだから、五十文だって安いくらいだ」

と、細い目をさらに尖らせた。

「あぶない品とわかって買ったのに、儲けがたったの五十文では辛いですねえ」

豊吉は応えず、萎《しお》れていた。

「そいつは、どこらへんで稼いでる物乞いか、わかりませんか」

「高橋の袂でしたから、小名木川沿いのどっかかもしれないし、申しわけありません。わかりませんです」

「ふうむ。顔は覚えてやすか」

「へえ。たぶん、見ればわかると、思います」

豊吉は宮三に何度も頭をさげた。背中の曲がった老母が、小さな膝の上に皺だらけの手を重ね、倅と同じように凋《しぼ》んでいた。

平田屋は豊吉を睨んで、目を離さない。

「豊吉さん、小裂れを少しばかりいただけますか。継ぎ接ぎにいるんでね」

「どうぞ、いくらでもお持ちください」

豊吉はうな垂れたままだった。

宮三は五枚ばかりの小裂れを選び、財布を懐《ふところ》から出した。

「豊吉さん、お代を」

だが豊吉は、顔を伏せたまま首を左右に振った。

「けっこうで、ございます」

「何言ってんだ。売り物をただもらうわけにはいきません。手を出しなせえ」

宮三はもう四十近いであろう豊吉の行商で干《ひ》からびた手をとり、南鐐銀《なんりょうぎん》を一枚握らせた。

南鐐銀は二朱《しゅ》、およそ五百文くらいになる。

小裂れは五枚で二十文ほどだろう。

豊吉は驚いて顔をあげ、「これは」と南鐐銀を宮三へ戻そうとした。

「釣りはいらねえんだよ、豊吉さん。それからこれは……」

と宮三は、さらにもう一枚二朱銀を握らせた。

「頼みたいことがあります。その物乞いをどっかで見つけたら、できれば住んでる小屋か、せめてどこらあたりで稼いでるかを確かめて、あっしに知らせてもらいてえんだ。やってもらえますか」

「へえ。承知いたしました。けど、こんなに……」

「とっときなせえ。これはお上の大事な御用なんだ。詳しい事情は今は話せねえが、人の命を助けることになるかもしれねえくらいのね。むろん、無理をすることはねえ。見つけたらで、いいんですぜ」

豊吉は、銀貨と宮三を交互に見て、おどおどした。

平田屋がのぞいて、細い目を丸くした。

豊吉の掌の銀貨に、傍らから手を伸ばした。

「一枚はあたしがもらっとくよ。これはうちがもらって当然の金だ」

「あこぎなことは止《や》めなせえ」

宮三が平田屋の手首をつかんだ。

あ痛たた……と平田屋は、五十近い宮三の片手一本で、右に左によろけた。

「あんた、危ない品物と知ってて買ったんだろう。あんまり欲をかくと、お上のお調べが平田屋に入《へ》えりますよ」

「とんでも、ございません。あたしは、な、何も知らなかったんですよ。あたしは、悪くないんだ。痛たた、許して、許して、ください」

路地でのぞいてる住人らが、平田屋の情けない弁解をげらげらと笑った。

平田屋は宮三が手を放すと大袈裟《おおげさ》に腕を抱え、手首をさすりながら、戸口に固まっている住人をわけて、こそこそと姿を消した。

「じゃあ、豊吉さん、頼んだぜ」

宮三は言い、それから老いた母親へ振り向いた。

「おっ母《か》さん、達者でな」

六

その夜六ツ（午後六時頃）、左内町と音羽町の境の小路に軒行燈《のきあんどん》を灯す京風小料理屋《桔梗》の暖簾《のれん》を、龍平と寛一がくぐった。

表店《おもてだな》の入れこみの床や床几《しょうぎ》は、ほぼ客でうまって賑やかである。

「いらっしゃい、龍平さん、寛一さん。宮三親分がお見えです」

お諏訪がいつもの明るい声で迎えた。

桔梗店奥の三畳間に、梅宮の宮三が待っていた。

「待ったかい、親分」

「いえ。あっしも今きたとこで」

芳醇《ほうじゅん》な下《くだ》り酒の熱燗《あつかん》と肴《さかな》が運ばれてくる。

早速、喉を潤すと、今日一日の始末の話が始まった。

龍平と寛一は、阿部伝一郎の日ごろの素行、つき合い相手、もめ事、それに女義太夫のひいき仲間、さらには吾妻橋近辺の河岸場であの日、賊の猪牙を見かけた者がいないか、訊きこみに一日を費やした。

一方、宮三は、江戸市中の古着屋に出廻っているかもしれない伝一郎の着物を徹底的に洗い出す役目だった。

一昨日の夜、ひと月前にさらわれた阿部伝一郎の探索を奉行より命じられた龍平は、宮三と寛一を桔梗に呼んで、伝一郎探しの方策を話し合った。

そのとき宮三が、周りに怪しまれず長い時間、人を閉じこめておくのに案外都合のいい場所が、

「物乞い小屋ですね」

と言った。

物乞いは金を払えばわけは訊ねないし、物乞い小屋なら見知らぬ人の姿があっても誰も怪しまない。

その場合物乞いは、閉じこめる相手の着物を剝《は》いで、逃げ出さないように裸同然にしたり、己らと同じぼろを着せる。

「剝いだ着物が物乞いの余禄なんです。古着屋にあたれば、伝一郎の着物が出廻っているかもしれません。そっちを調べてみましょう」

と、宮三が引き受けた。

伝一郎がさらわれた当日の装いと、小袖に阿部家の家紋が入っていることがわ

かっていた。

宮三なら、手下を総動員し口入れ屋の手蔓《てづる》を活用して、江戸市中の古着屋をあたることができる。

それが昨日一日を置いた今朝、手下から知らせが入ったのである。

宮三が深川の平田屋から、平野町の小裂れの行商の豊吉に訊きこみをした経緯を聞き、龍平は伝一郎の物に間違いないと思った。

「伝一郎が着ていた阿部家の家紋を染めた小袖は、麻の葉模様の紬だ。親分、それに間違いないよ」

「物乞いは仲間の縄張りから出るということは、あんまりやらないと聞いています。あっしは明日から手下を集めて、小名木川から深川、横川《よこがわ》一帯の物乞い小屋をあたってみます」

伝一郎は、深川か本所、大川向こうの物乞い小屋に閉じこめられている割合が高い。

「おれと寛一は、本所の竪川筋をあたってみよう」

「承知しました」

と、若い寛一は酒よりも食い気で、芝海老《しばえび》のからいりを肴に、お諏訪に持ってこさせた丼《どんぶり》飯を頬張りながら元気よく言った。

「ところで、親分なら、この賊をどういう連中だと推量する」

龍平は宮三の盃に銚子を差し、訊ねた。

「そうですね。伝一郎が物乞い小屋に閉じこめられているとするなら、あの雪の中を猪牙で辛抱強く船がくるのを待ち、藁莫蓙で伝一郎をくるみ素早く連れ去り、怪我人をひとりも出していねえ。手馴れた職人技が臭います」

「職人か。おれの推量だが、この連中は金目あてだけの賊ではないような気がするんだ」

宮三は小首をふり、龍平の盃に銚子を差しかえした。

龍平は、昨夜の年番部屋での槇原藤次や岡儀八郎とのやりとりを語った。

「槇原さんは遺恨意趣を否定したが、伝一郎をさらってひと月も賊との計らいが進んでいないのは、ほかにわけがあるためではないかと思うのだ」

「旦那、ひょっとすると、賊からの接触を待つしかねえと言いながら、阿部家と賊との間で水面下の談合は、実は交わされているのかもしれませんぜ」

「町方には、知らせずにか」

「阿部家では伝一郎が殺されていないわけを知っている、だから手遅れにならねえうちに御番所へ表沙汰《おもてざた》にならないように探索を申し入れてきた。なぜなら阿部家と賊との水面下の談合が、いきづまっているとか」

「親分、おれは明日、豊島町の黒雲に会って、楓染之介が伝一郎の隅田川の船遊びのともをする日と場所を誰に教えたか、確かめてみる」

「そうですね。誰がどうやってあの日あの刻限と、隅田川の場所を賊に教えたか、こいつも重要な鍵だ」

「黒雲亭から竪川筋へ向かう。竪川か黒雲亭か、どちらかに必ずいるから、新しいことがわかったら知らせてくれ」

龍平は宮三の盃に、また酒をついだ。

七

黒雲は高笑いをし、ごま塩のいがぐり頭を大きな掌でさすった。

「そんな、内密にしておけることでは、ありませんのでね」

骨張った指が長く、芸人の繊細さよりも、鍛えられた男臭さが、この初老の男から伝わってくる。

「楓姉妹には江戸中の寄席やお座敷からお声がかかり、ひと月くらい前より寄席のご主人らと楓姉妹の都合に合わせて日を決めてまいります。この日は上野の吹貫さん、次の日は築地の浜芝さんというふうに」

龍平は黒雲亭の表土間の四畳半にあがり、寛一はあがり端にかけていた。

「ですから、内密にしようにもできないのです」

今朝は大道芸の演物《だしもの》もなく、隣の部屋の高座は大きめの貧相な床《とこ》の間《ま》みたいに見えた。

「阿部さまのお務めは、阿部家のご家来から直接この日はどうかと、申し入れがございました。阿部さまは勘定吟味方のお偉い方とうかがっておりますので、昼間の務めではありましても、夜の寄席の務めは入れませんでした」

「船宿の木邑も、家士の方がいったんですね」

「さようです。当然、木邑さんの方からも阿部さまの船遊びの日や場所は知れたでしょうね」

黒雲のみならず、阿部家の者からも船宿・木邑からも、伝一郎の船遊びの日や場所を知りたければ、簡単に知り得たと思われる。

「ほかに、ごひいきの送り連のみなさんは、楓姉妹の高座の日どりを隈《くま》なく調べておりますし」

「楓参か染之介が、阿部伝一郎さんに招かれるのはよくあるのですか」

「いえ。二度目でございます。去年の十一月末に、やはり染之介ひとりが阿部さまのお務めをいたしました。そのときは日本橋の料亭のお座敷で。阿部さまは染之介をいたくごひいきで、その後一月の日どりを申し合わせたのです」

「阿部伝一郎さんが楓姉妹の高座を寄席へ観にくることは」

「あると思います。去年の十二月、あばら屋ですが黒雲亭にも一度、お見えになりました」

「お仲間と？」

「家士を従え、おひとりで」

「伝一郎さんは送り連などの組に入っていないのですか」

「詳しくは存じあげません。しかし、大勢のひいき仲間と騒ぐのは、好まれないようですな。お家の体面もございますでしょうし」

　龍平は表障子を開いた外の路地へ、目を投げた。

　路地の先におかみさんらが洗い物をしている井戸と稲荷があり、そのさらに先に入り口の木戸が見えた。

「この前うかがった折りは仰《おつしや》らなかったが、黒雲さんは楓姉妹の芸の師匠でいらっしゃるのですね」

「お参と染之介がそう申したようですな。師匠と言えるほどの芸は、わたしにはございません。旅芸人の一座で、親を亡くし泣いている幼い姉妹を見かね、親代わりの真似事をしただけでございます」

「厨子丸一座でしたね」

「それも、お調べで」

「一座では、どのような芸を演《や》っておられたのですか」

「己で三味線《しやみせん》を鳴らしながら、新内《しんない》、豊後《ぶんご》などを。浄瑠璃も少しは語りました。わたしはとっくに芸には見きりをつけておりますが。ははは……」

「お国は」

「常陸の筑波山《つくばさん》の麓《ふもと》で親の残した畠《はたけ》を耕しておりましたが、根っからの遊び好き。遊びの借金で畠も家も失い、物乞い同然で関八州《かんはつしゆう》を放浪しているとき、厨子丸の親方に拾われたのでございます」

「そのとき楓姉妹が、厨子丸一座にいたんですね」

「はい。母親の芸人とお参、それに産まれたばかりの染之介の三人で。母親が舞台を務めているときは、幼いお参が染之介をおんぶしまして、母親のようにあやすんですよ。ああ、あのころの二人の姿が目に浮かぶ」

黒雲は腕を組み、片方の手を物思わしげに顎《あご》にあてがった。

「なぜ黒雲さんが楓姉妹の親代わりに」

「普通は座長が親代わりになるものですが、厨子丸が高齢だったのと、二人がわたしに懐《なつ》きましたもので」

「それで二人を連れて、江戸にこられたのですか」

「三年前、厨子丸が旅の果てに亡くなり、一座を仕舞うことになって、わたしが江戸へ出ると言いますと、二人が己らも天下の江戸へいき、江戸で芸の腕を磨きたいと申したのでございます」

「確かに、江戸は女義太夫が流行《はや》りですからね」

「お陰さまで、思いもよらぬ多くのごひいきをいただき、楓姉妹ともども、江戸で暮らしがたつようになりました」

そのとき、路地の入り口の木戸から宮三の手下の越太《こした》という男が小走りに走りこんでくるのが見えた。

寛一が見つけ、越太の方へ駆け寄って二人で立ち話をした。

二人はちらちらと龍平の方をふり向いた。

「黒雲さんは、楓姉妹の師匠であることを表沙汰になさっていないのですか」

「なぜ、でございます？」

「先日うかがった折り、そのことは何も仰らなかった」

「いいえ。あの折りは、お役人さまがお訊ねになりませんでした。それで申しあげなかっただけでございます」

するると、寛一が戸口へ走り寄り告げた。

「旦那、宮三親分がお越し願いてえとの知らせです」

「よし、わかった」

「越太の兄《あに》さんが、ご案内します」

場所は——と訊きかけて龍平は口を噤《つぐ》んだ。

龍平は土間へおり、刀を腰に差しながら黒雲に笑いかけた。

「黒雲さん、またな」

黒雲が畳に手をついた。

八

本所竪川と交わる横川を東西に渡す南迷い橋の西堤、切岸の川縁に物乞い小屋の粗末な板屋根が三つ並んでいた。

板屋根に赤ん坊の頭ほどの石が幾つも載せてある。

川縁で昼どきの火を燃やしているのか、薄い煙がのぼっていた。

柳の木の下に宮三と手下が二人、龍平らの到着を待っていた。

「親分、ご苦労だった。この下か」

「へい。熊造《くまぞう》という物乞いです。一刻前、行商の豊吉が見つけて、知らせが入《へ》えりました」

龍平と宮三は小声を交わした。

橋の上、堤の離れたところにぽつぽつと宮三の手下が立ち、周辺を見張っている。

「頭《かしら》の陵左衛門《りょうざえもん》にはもう話はつけてあります。熊造の小屋の中に誰かいるみたいですぜ」

物乞いであっても、その川筋の物乞いの頭の支配を受けており、物乞い小屋だからと言って勝手にふる舞うことはできない。

「仲間は」

「ひとりです」

横川の川面を燕《つばめ》が飛び廻っている。

川縁で焚《た》き火に鍋をかけ、粥《かゆ》らしき物をしゃもじでかき廻している男の蓬髪《ほうはつ》が見えた。

「いくか」

「へい。おめえらは上で見張ってろ」

宮三が二人の手下に命じ、宮三を先頭に、龍平、越太、寛一の順に雁木《がんぎ》をくだった。

ぼろをまとった髯面《ひげづら》の男が、横川縁の焚き火の側に屈《かが》み、火にかけた鍋の様子を見ていた。

男の裸足《はだし》が、汚れて黒ずんでいる。

男のずっと向こうに、宮三の手下が逃げ場を押さえる形で、汀へおりるのが見えた。

「あいつです」

小屋の入り口には筵《むしろ》がおりている。

龍平は頷き、先頭に出た。

龍平が近づいていくと、熊造が鍋から顔をあげた。

髯面が歪《ゆが》んだ。

龍平に笑いかけているみたいだった。

立ちあがった熊造の裾端折りの汚れた布子《ぬのこ》の間に痩せた脛《すね》がのぞいていた。

脛はふるえていた。

顔は笑っていても、明らかに龍平らの出現に怯《おび》えていた。

「熊造か」

熊造は、ぺこりと頭をさげ、少しずつ後退《あとじさ》った。

「訊ねたいことがある」

すっすっと近づく龍平に、しゃもじを握り締《し》め逃げるかまえになった。

宮三が気づき、龍平の後ろから怒鳴った。

「熊造、動くんじゃねえ」

その途端。

だだっ……

熊造が踵《きびす》をかえし、横川縁を猿《ましら》のように走り始めた。

「待てえっ」

宮三、越太、寛一の三人が龍平の脇を抜け、勢いよく熊造を追っていく。

汀の先の手下が、熊造目がけ、向かってくる。

そのとき、堤の上の手下が熊造に飛びかかった。

熊造は、ぐふっと呻《うめ》いて手下に押し潰《つぶ》され、続けて飛びかかったもうひとりの手下にも伸《の》しかかられた。

「この野郎、神妙《しんびょう》にしろ」

暴れるというより苦しさにもがいている熊造を、ひとりが頭を殴りつけ、ひとりは汚れた褌《ふんどし》が剝《む》き出しになった尻を続けて蹴《け》った。

熊造が悲鳴をあげた。

「そこらへんでいい。縛りあげろ」

宮三らが追いつき、手下に指示した。

堤の道や橋の上に野次馬が集まり始めていた。

龍平は熊造が縛られていくのを見て、焚き火の側の小屋へ視線を廻した。

二つの小屋の筵を少し開けて、中の物乞いの顔がのぞいていた。

龍平は残りのひとつの小屋の筵を持ちあげた。

狭く薄暗い小屋の中は、小便臭い臭いがした。

藁莫蓙が敷いてあり、褌と晒《さら》しの上に鳶《とび》の着るようなぼろぼろの紺の法被《はっぴ》だけをまとった男が、両手を後手《うしろで》に縛られ首を縄で丸太に繋《つな》がれた恰好で、身体を折り曲げるように胡坐《あぐら》をかき、龍平を見あげた。

頬はこけ、顎が尖り、胸のあばらが浮き、裸足の足は棒のように細かった。

晒しも褌もずっととり替えていないのか、ひどく汚れている。

怯えた目だけが、薄暗がりの中で蝙蝠《こうもり》みたいに光った。

「阿部伝一郎さん、か」

龍平が言った。

伝一郎は、町方同心定服の龍平に猜疑のこもった眼差しを向けていた。

あまりに怯えて、応え方がわからないふうだった。

「北御番所の同心です。伝一郎さんだね」

「そうです……そうです」

伝一郎は、今にも泣き出しそうな声で二度言った。

「助けにきました。もう大丈夫です」

龍平は刀をすらりと抜いた。

「ひええ」

伝一郎は首をすくめて、肩をふるわせた。

龍平は伝一郎の背後へ廻り、後手と首の縄をきり放した。

伝一郎は膝と手で這い、よたよたと外へいきかけた。

そこへ、宮三が藁莫蓙をばさっと開き、

「旦那っ」

と大声を出した。

外の光が射しこみ、宮三の黒い影が出入り口に、にゅっと立ちはだかったので、怯えた伝一郎が龍平の後ろへ慌てて隠れた。

そして、「あう、あう」と意味のない声を発して、嗚咽《おえつ》を始めた。


一刻後、駿河台下阿部家の仕たてた屋根船が、横川の南迷い橋の川縁に横づけになった。

槇原藤次と小柄な若い家士、それと中間がひとり、川縁にあがってきて物乞い小屋へ入った。

「伝一郎さま、槙原でござる。お迎えにあがりました」

「まきはら、槙原か……」

伝一郎は槙原の腕に必死にすがりついた。

「伝一郎さま、まいりましょう」

家士と中間が伝一郎に掻《か》い取《ど》りを着せかけ、左右から身体を起こした。

両脇から抱えられた伝一郎は、足を引きずりながら、突然、川辺に響き渡る声で慟哭《どうこく》し始めた。

堤や南迷い橋の上には、野次馬が集まっていた。

「高田《たかだ》、伝一郎さまにお召し替えをして差しあげよ」

「はっ」

高田と呼ばれた家士と中間は、泣き叫ぶ伝一郎を屋根船に運んで障子をたてたが、伝一郎の泣き声は止まなかった。

「無理もない。ひと月もこのようなところに閉じこめられていたのだ」

槙原が龍平に言った。

「ご無事で、何よりです」

龍平と宮三、寛一、それに六人ほどの手下が川縁に集まり、屋根船を見守っていた。

手下の足元に、縛られた髯面の熊造が胡坐をかいていた。

「それにしても憎きやつ、成敗してくれる」

槇原は熊造の前へ進み、刀の柄《つか》に手をかけた。

色の白い面長が紅潮していた。

熊造は、不貞腐《ふてくさ》れて顔をそむけただけだった。

龍平は槇原を制した。

「槇原さん、この男を斬ったら一味の正体を暴く手がかりがなくなります」

槇原は中背だが、幅の広い肩へわずかに触れた龍平の掌に、羽織の下から強靭《きようじん》な膂力《りよりよく》が伝わってきた。

見かけとは違う、相当の腕前が推し量られた。

槇原は身構えを改め、龍平へ見かえった。

「このような男、斬りはせん。それより、日暮さんには心より礼を申す。さすがですな。助力をお願いして、わずか数日で伝一郎さまをお救いいただいた。見事だ。わが主《あるじ》、勘解由さまよりも、いずれ改めて礼を申しあげる」

槇原は無表情に戻り、慇懃《いんぎん》に言った。

と、屋根船へいきかけた足を止め、また龍平をかえり見た。

「一味のねぐらが知れましたら、われらにご一報いただきたい。わが家に仇《あだ》なした一味をとり逃がさぬため、われら、いつでも練達の者を集めて協力いたす用意がござるゆえ」

「ご心配にはおよびません。町方のことはわれら町方に、お任せくださない」

龍平は穏やかに応えた。

九

南迷い橋より横川を北へさかのぼって、法恩寺《ほうおんじ》橋の通りを西へ折れた吉田町《よしだちょう》に、本所を流れる横川と竪川の川筋を差配する陵左衛門の一軒家がある。

物乞い、夜鷹《よたか》、船饅頭《ふなまんじゅう》などを含めて、本所の川筋あたりで稼ぐ者はみなこの陵左衛門の支配下にある。

一月の竪川の、物乞いや夜鷹を狙った《突き鑓《やり》》捕縛にあたっても、龍平はむろん陵左衛門に前もって話をつけていた。

陵左衛門の一軒家の敷地の裏手に土蔵があり、中に牢部屋が作られている。

その牢部屋に、熊造は縛られたまま放りこまれた。

月代《さかやき》を伸ばした陵左衛門と、諸肌《もろはだ》を脱いだ屈強な男らが土蔵の中にいた。

陵左衛門は龍平に腰を折り、言った。

「ご苦労さまで、ごぜいやす。このたびは手前どもの身内の熊造がとんだ不始末をしでかし、お役人さまにごやっかいをおかけいたし、面目ございやせん。ただ今、本人にわけを訊ねやすので、少々お待ちを」

そして諸肌脱ぎの屈強な男らに、おう、と目配せを送った。

男らが牢部屋へ入り、転がされた熊造をとり囲んだ。

男らを見あげ、熊造は明らかに恐怖し始めていた。

物乞いらには物乞いらの掟《おきて》がある。

龍平と宮三と寛一、それに手下らは土蔵の外で待った。

冬をくぐり抜けた福寿草が板塀際に黄色い花を咲かせ、そこでも数羽の燕が、目まぐるしく飛翔していた。

宮三が腕を組み、思い思いに土蔵の壁際へ座っている手下らの前を、落ちつかなそうにいったりきたりした。

龍平は寛一と並んで土蔵戸口の石段にかけ、燕の飛翔を目で追った。

土蔵の中からは、ほとんど物音が聞こえなかった。

とき折り、かすかな悲鳴とも呻きともつかぬ声が聞こえたが、長くは続かず、あたりは長閑《のどか》な静けさに包まれていた。

手下らはひそひそと言葉を交わしていたが、龍平も寛一も宮三も無口だった。

人さらい一味に近づきつつある緊迫に、昂ぶる気を抑えているふうだった。

そうして、一刻ほどがたった。

庭にはそろそろ夕七ツの薄い西日が射していた。

「旦那、どれぐらいかかりやすかね」

寛一が痺《しび》れをきらしたかのように口を開いた。

「どれくらいかな」

龍平が応えたとき、土蔵の戸が開いた。

「お役人さま、お入りくだせえ」

と言った諸肌を脱いだ男の肩や胸の褐色の肌が、汗で黄昏《たそがれ》の明かりをはねかえしていた。

いったりきたりしていた宮三が、「よし」と唸《うな》った。

熊造は薄暗い牢部屋で、うつ伏せにうずくまっていた。

陵左衛門が龍平に一礼すると、周りの屈強な男らのひとりに頷いた。

男が熊造のざんばらになった髪をつかみ、顔を持ちあげた。

「明かりをお持ちしろ」

陵左衛門が声を張りあげた。

男が持ちこんだ手燭《てしょく》の明かりが、牢部屋を照らした。

熊造の顔は無残に腫《は》れあがり、元の形がわからないほど歪んでいた。

涎《よだれ》のような血を垂らし、かすかな呻き声をもらしていた。

「熊造、お役人さまに包み隠さず、すべてを申しあげろ」

陵左衛門が脇から嗄《かす》れた声で命じた。

熊造は満足に口もきけなかった。

それでも、ぼそ、ぼそ、と話し始めた。

この話を持ちかけたのは、元は深川あたりの悪《わる》の御家人らしく、強請《ゆす》りたかり、賭博で身を持ち崩し禄を失った破落戸《ごろつき》だった。

熊造は浪人の名前も深川のどこらへんに住んでいるのかも知らなかったが、十年ほど前、喧嘩《けんか》のいざこざで斬ったらしい木場の地廻りの死体の始末を頼まれたことがあり、顔はぼんやり覚えていた。

去年の暮れ、ここ何年も顔を見ていなかった浪人が、刀も差さず裏店のじいさんみたいな風体になって、熊造の小屋にひょっこり現れたのだった。

「ちょいとわけありの男を、預かってくれねえか」

浪人は数百文の銭を置いた。

「預かってくれれば十日をすぎるごとに、同じ金額を払うがどうだい」

熊造は金に目が眩《くら》んだ。

わけありだろうが多少あぶない話だろうが、熊造にはどうでもよかった。

年が明けた一月、春の雪が川縁の水草に薄《う》っすらと積もったあの日の午後、猪牙に乗った浪人ともうひとりの男が、藁莫蓙でぐるぐる巻きにした荷物を熊造の小屋に運びこんだ。

浪人と男は、頬かむりに網笠をかぶり、顔はよく見えなかった。

預かった若い男が侍らしいことは、すぐわかった。

「侍のくせに、べ、べそばっかりかいてやがったから、猿轡をつけたままにして、しつけをしてやったら、そのうち、お、大人しくなったでよ」

熊造は喘《あえ》ぎ喘ぎ言った。

それから熊造は、侍の着物を剝ぎ、「飼い犬みたいに裸にして、可愛がって、やった」と、侍をおよそひと月の間、小屋に閉じこめた模様を語った。

「大人しくなったから、褒美《ほうび》に川で拾った一張羅《いっちょうら》の法被を、くれてやった」

とも言った。

熊造は、その二人のほかに一味らしき者を見ていなかった。

「浪人は二、三日おきに、夜、こっそり様子を見にくるが、もうひとりは姿を見せねえ。いつも浪人ひとりだけだ」

その都度、浪人は幾ばくかの銭を熊造に残していく。

食い物を持ってきてくれたこともある。

熊造は、こいつをどうする気だと、一度訊いたことがあった。

すると浪人は、どうするか決めるのは頭《かしら》だと、笑った。

「侍の着物は、も、燃やせと言われてたが、上等の物だで、おら、惜《お》しくなったで、ひひ、百文で売った。と、とんだところで、足が、ついちまった」

熊造は、痛みを堪《こら》えながら、薄笑いを浮べた。

「その浪人は幾つぐらいだ」

龍平は訊いた。

「し、知らねえ。けど、いい年、した、じ、じいさんだ」

「次にいつくる」

「わからねえ。昨日きたから、今日はたぶんこねえと思う。けど……」

と熊造が、ぼそりと続けた。

「浪人の住んでるとこを、おら、知ってる。一度、後をつけたでよ」

十

本所石原町の大川よりの入り堀北堤の堀端にある煮売り屋に、その夜は客が少なかった。

宵の口に職人が数人きて、串田楽《くしでんがく》を肴に酒を呑んでいるところへ町内の商家の手代《てだい》らが客になり、五ツ（午後八時頃）前、それらの客が続けて帰った後、五ツ半（午後九時頃）まで客足が途絶えた。

煮売り屋《夢楽《むらく》》の亭主伊兵衛《いへえ》は、串田楽と記した表戸の腰高障子を五寸（約一五センチ）ほど開け、堀留の南東側に固まる裏店の、堀留に一番近い二階家を眺めた。

宿は薄い月明かりの下で、暗く静まりかえっていた。

だがもう半刻もたてば、楓姉妹の送り連の提灯《ちょうちん》が少しはなれた一ツ目之橋の通りを埋め尽くし、やがて、このあたりの町内はまた迷惑な大騒ぎに包まれるのだなと、伊兵衛は苦笑いを浮かべた。

侍のありようも、伊兵衛の若いころと較べてずいぶん変わった。侍であることなど、もはやたいした意味はない。

思いながら、伊兵衛は入り堀の水面に落ちた弦月《げんげつ》に目を移した。

それから戸を閉め、竈《かまど》に鉄瓶が湯気をたて、鍋をかけた七輪がひとつ、それと小さな流し場がある調理場へ戻った。

調理場の隅から梯子《はしご》をのぼった二階に三畳の部屋があり、そこで伊兵衛は寝起きしている。

ここに夢楽を開いてから、二年と半年になる。

御家人の家に生まれた伊兵衛は、十代をすぎたころから悪仲間に入り、遊蕩《ゆうとう》に耽《ふけ》り、女郎買いと博打《ばくち》の挙句《あげく》に借金が重なり、借金相手に訴えられ、不届きとのことで公儀の職を解かれた。

それでも遊蕩はやめられず、強請りたかりに手を染め、ついに天正《てんしょう》の時代より続いた公儀御家人の身分すらを失い、組屋敷を追われ、浮浪の身となった。

切腹は命じられなかったが、運がよかったかどうかはわからない。

泡沫《うたかた》の若き日々がすぎ去るとともに、悪仲間の多くは罪科《つみとが》を受け処罰され、死罪、あるいは江戸払いになった。

その果てに、伊兵衛に残ったのは六十近い老残の身と、孤独だった。

伊兵衛は七輪にかけた鍋の蓋をとって、大根と芋と人参の煮え具合を見た。湯気がたち、甘辛い匂いが伊兵衛の鼻をくすぐった。

魚や野菜の煮物を大皿へ盛り、客はひと皿八文で注文し、それを肴に武州《ぶ》の地酒をちびりちびりとやる。

伊兵衛が好きな味噌田楽を、串に刺して出したのが案外に客の受けがよく、二年と半年がたつうちに、こんなしけた煮売り屋・夢楽にも、それなりの馴染《なじ》み客ができたのが面白い。

とっくに捨てた世間だが、世の中、捨てたもんじゃねえな、と思えるところが味噌田楽ときたか……

伊兵衛はわけのわからないことを呟きつつ、鍋に蓋を戻した。

今、表向きは煮売り屋・夢楽を営む伊兵衛の求めているものは、意味のなかった己の一生の仕舞いどころだった。

お参、染之介の今夜の席は黒雲亭だから、黒雲が夢楽に顔を出すだろう。

黒雲と一杯やるために、新しく拵《こしら》えた煮物だった。

ちっぽけな煮売り屋でも、老いぼれにいい仕舞いどころが見つかった。

ありがたいことだと、伊兵衛は思う。

そこへ、表の腰高障子がごとりと開いた。

小銀杏《こいちょう》の町人風体の髷に薄墨色の袷を着流し、一本独鈷《どっこ》の博多帯に二本を落とし差した侍が、腰高障子を開け、おっとりと若やいだ顔をのぞかせている。

「おやじ、まだいいかい」

「へえ、どうぞ」

伊兵衛は、調理場と店土間を仕きる棚の間から侍を見て応えた。

侍は背が高くほっそりとしていたが、やや下ぶくれ気味の笑顔に、なんとはない可愛らしさがあった。

大刀を腰から抜いて、花茣蓙を敷いた長床几へかけた。

侍は刀を静かに右わきに置いた。

がしゃりと、刀を乱暴に置かない心遣いがいい。

ちろりの酒を燗にして、盃と塗り箸、つまみに浅漬けの沢庵を三きれ添えて先に出した。

「肴は、何にしやすか」

「ここの串田楽の評判を聞いてきたんだ。串田楽を頼む」

「若いお侍さんにそう言ってもらうと、嬉しいね」

伊兵衛は調理場へ戻り、七輪の鍋をはずして味噌をたっぷり塗った豆腐をちりちりと焼き始めた。

味噌の焼ける香ばしい匂いが、狭い調理場から店土間へ流れてゆく。

「おやじ、いい匂いだ。味噌はどこの物を使ってる」

店土間から侍が訊いた。

「へえ。こんな店だが、あっしが好きなもんで、味噌だけはこだわって南部味噌をとり寄せていやす。上等な味噌じゃねえが、ひと手間加えると、これがいい味わいを出しやしてね」

「ひと手間、加えているのか。評判になるはずだな」

「評判と言われるほど手のこんだ物じゃねえんで、お恥ずかしいですが」

焼きあがった串田楽を皿に移し、芥子粉《からし》を添えて侍の元へ運んだ。

「ううん、旨《うま》そうだ」

侍は皿を持ち、匂いを嗅いだ。

串をとって口に入れた。

ほ、ほ、と言いながら熱い田楽を食べ、嬉しそうな笑みを浮かべて伊兵衛を見あげた。

侍は手酌で呑むのがわきまえだが、伊兵衛は侍に酌をしたくなった。

「ひと手間加えやすと、どんな粗末な食い物でも、うんと味わいが出やす」

侍は伊兵衛の酌を受けた。

「おれは頼まれて人探しを生業《なりわい》にしている。稀《まれ》に味わいのある人と出会うと、心が美味《おい》しいと言うんだ。人も串田楽も同じだな」

「はは……面白いことを仰る」

侍は盃を呷《あお》った。

「今日、ひとり見つけたんだ」

「そうですか。そいつあようござんした。もひとつ、つけやしょう」

そう言っていこうとした伊兵衛の手首を侍がつかんだ。

伊兵衛はその奇妙な仕種に、どきりとした。

「人探しは残り三人なんだ。人さらいの一味だ。だが今またひとり見つけた」

侍の穏やかで可愛らしい表情が、一転、伊兵衛の背筋を凍らせた。

「お侍さん、戯《たわむ》れはほどほど……」

言いかけて、伊兵衛はつかまれた手がまったく動かせないことがわかった。

「おやじ、侍だな。話を訊かせてもらおう。あんたの頭《かしら》の素性をな」

いい面《つら》してやがる。喧嘩の相手に不足はねえぜ――伊兵衛は若いころを思い出し、凍った背筋が一瞬のうちに熱くたぎるのを覚えた。

十一

龍平には、亭主の好々爺《こうこうや》な笑みが消え、見る見る紅潮し、怒りがたぎっていくのがわかった。

老いて弱々しかった手首から、亭主の身体《からだ》に漲《みなぎ》る力が伝わってきた。

手首をつかんだままとり押さえようとした亭主の腕一本すら、容易に動かせなかった。

なんという力だ——相手は老残の男ではなかった。

龍平と亭主は睨み合った。

束の間だったが、裂帛《れっぱく》の気合が火花を散らす果てしない一瞬だった。

「若造、相手になってやる」

亭主が不敵に破顔した。

「北御番所の者だ。神妙に縛《ばく》につけ」

亭主の手首を引いた瞬間、亭主は全身で龍平に体あたりを食らわした。

両者は、身体も折れよと激突した。

龍平は右手に大刀の鞘《さや》をつかんでいたが、その手首を亭主が押さえ互いの動きが封じられた。

亭主は龍平より一寸（約三センチ）ほど小柄だった。

にもかかわらず、下方より龍平の身体を浮きあがらせる膂力が加わった。

「どりゃああ」

と、雄叫《おたけ》びをあげた。

目が獰猛《どうもう》な獣のように光り、牙《きば》を剝いた。

その雄叫びを機に、亭主の頭突きが、ぶん、ぶん、と浴びせられた。

龍平は顔をそむけそらす。
が、亭主の圧力に足が土間を滑り、後退を余儀なくされた。
龍平の身体が撓《しな》った。
続いて、亭主の剝き出した歯が、龍平の肩へ食らいつこうと襲いかかる。
龍平の首筋を食い破ろうとしている。
龍平は一気に押しこまれ、背中が狭い店の土壁に衝突した。
家が、ずしんとゆれた。
「があああ……」
狼の牙が獲物の肉を求めて猛《たけ》り狂った。
そのとき、表戸が勢いよく開いた。
宮三と寛一が飛びこんでくるのが見えた。
「御用だ」
亭主の攻撃に隙《すき》が生まれた。
龍平は右手を押さえる圧力をはねかえし、刀を鞘ごと顔面へ打ちつけた。
牙を剝いた亭主の横《よこ》っ面《つら》を殴打した。
亭主の唇から、ぼっと血が噴いた。

だが、亭主は易々《やすやす》と応変した。

龍平の腹へひと蹴り入れ、瘦軀《そうく》を翻《ひるがえ》して床几を軽々と飛び越えた。

かと見ると反転し、床几を宮三と寛一目がけて蹴りあげたから、二人は、

「わっ」

と、たまらず飛び退いた。

そして龍平の二打を鮮やかにかわし、調理場へ走り、梯子をゆるがし駆けあがっていく。

見事なほど喧嘩馴れしていた。

「野郎っ」

怒りに燃えた宮三が追い、寛一が続く。

ばたっ、がたがたがた……

と、二階の戸が倒れる音と屋根瓦《がわら》を踏む音が響いた。

「旦那、野郎が屋根へ」

宮三が梯子の途中で叫んだ。

龍平は入り堀端の堤へ走り出た。

ほのかに青い月明かりの中を、屋根伝いに黒い影が大川の方へ走っていく。

亭主は右手で刀を握っていた。

龍平の痩軀が、堤を駆ける。

大川からの入り堀の長さはおよそ百間（約一八〇メートル）。

大川端の田楽橋と月光の粒を散らした大川の流れが見えてくる。

屋根を走った影は堤道へひらりと飛びおり、迫る龍平をひと睨みすると、田楽橋へと差しかかる。

田楽橋は幅五間（約九メートル）の入り堀を渡す小橋である。

しかし、手下の越太らが橋の南詰めを押さえるため南堤を駆けている。

越太らは手に手に提灯をかざしていた。

「御用だ」

「御用だ、神妙にしやがれ」

亭主は橋の半ばで足を止めた。

大川の黒い波間に、月光が鮮やかに浮かんでいた。

対岸に浅草蔵屋敷の黒い影が見えた。

折りしも、大川南西にかかる両国橋を、楓姉妹の送り連と思われる提灯の行列が、夜空へ流れるかすかな喚声とともに、陸続《りくぞく》と渡っているのが見えた。

それは無数の人魂《ひとだま》が、黄泉《よみ》の国へ渡っていく荘厳な光景に見えた。

亭主はそこで、光の帯に見惚れるかのように、茫然《ぼうぜん》と立ち尽くした。そして、左手に刀を握りなおし、さらりと抜刀して白刃を突きあげた。

「おお、おお……」

と夜空に吠《ほ》えた。

獣の最後の遠吠えが、殷々《いんいん》と大川へ響き渡った。

「これ以上は、無駄だ」

龍平が田楽橋の北詰めから亭主に迫った。

亭主が飛びあがって身体を半転させ、龍平に燃える目を向けた。

龍平の後ろに、宮三と寛一が追いついていた。

「若造」

亭主の低い声が橋板を這った。

「仕合が何か、教えてやる」

亭主は鞘を、からん、と捨てた。

切っ先を龍平へ向け、それから八双《はっそう》へかえし、さらにそれを背中へ落とし、左膝を曲げながら右足を大きく引いた。

奇妙だが、多くの実戦で身につけた我流のかまえに違いなかった。
それは一分《いちぶ》の隙もなく、たとえようもなく不気味だった。
亭主の身体から、死霊《しりょう》がたちのぼった。
わああ、わああ……
両国橋から遠いどよめきが聞こえていた。
龍平は刀を静かに抜き、右足を半歩進め、刀を右下わきへだらりと垂らした。
龍平の痩軀からその瞬間、敵意も、怒りも、憎悪も、すべてが消える。
亭主は、己のかまえよりも奇妙なそのかまえを訝《いぶか》るかのように顔を歪めた。
「若造、仕合とはな、死と合うことだ」
すわっ。
亭主が龍平目がけて突進した。
龍平は受けるのではなく、すす、と数歩踏み出した。
「だあっ」
「やああっ」
二つの絶叫が衝突した。
だが、鋼《はがね》は鳴らなかった。

二つの身体は衝突の直前で停止した。
龍平の一刀が亭主の腹を貫いていた。
亭主は背中の刀を打ちこまなかった。
「やるな、若造」
苦痛の中で、その顔が悠然と笑った。
「だがこれからが、本物の死合だ」
亭主は左手で己の腹を貫く龍平の刀身を握った。
龍平の刀身は、それ以上刺すことも抜くこともできなくなった。
「冥土《めいど》の旅の、道連れだ」
亭主が口から血を滴らせ、大川へ不敵な笑い声をまいた。
ぶうん。
背中の刀がうなり、夜空に弧を描き、龍平へ襲いかかった。
渾身《こんしん》の一撃が、浴びせられた。
修羅場を知り尽くした、捨て身の戦法だった。
けれども、生きようとする者と死のうとする者の思いの差が両者をわけた。
鋼が牙を剝いた。

龍平は左手で腰の十手《じって》を逆手《さかて》に抜き、一撃を頭上の皮一枚の差で止めた。
亭主の笑みが消えた。
再び刀をふりかぶった。
龍平は亭主の目から消えていく生気を、じっと見つめた。
もういい、と思った。
亭主の身体は後ろへよろけ、龍平はゆっくり刀を亭主の腹から抜いた。
「これで、いい……」
亭主が言った。
欄干《らんかん》に寄りかかり、心地よさそうに夜空を見あげた。
天に向かって何かを呟いたかに見えた。
刀がこぼれ、橋板にがらがらと転がった。
やがて亭主の身体はゆっくりと滑り落ちていく。
それから欄干に凭れて座り、うな垂れた。
「だ、旦那」
寛一が後ろから、安堵《あんど》と悲壮のない交ぜになった声をあげた。

そのとき、楓参と染之介を率いて両国橋を渡っていた波野黒雲は、どこかで己の名を呼ぶ声を聞いた。

黒雲は後ろの楓姉妹へふりかえった。

参と染之介も何かを聞いたかのように、目を見張って黒雲を見かえした。

けれどもそれは、わずかな間の不安だった。

参と染之介の名を連呼する送り連の喚声が、黒雲の不安をかき消した。

第三話　娘《むすめ》浄瑠璃《じようるり》

一

俊太郎が、表から台所の土間へ駆けこんできた。

「父上ぇぇ、父上ぇぇ」

幼く澄んだ声が、人気《ひとけ》のない台所にはずんだ。

俊太郎は板敷のあがり框《かまち》に手をつき、この春六歳になったばかりの肉の薄い身体をひらりとかえしてあがり端《はな》へ腰かけ、土間へ届かない足をばたつかせて草履《ぞうり》を脱いだ。

それから、掌《てのひら》で両足の裏をぱたぱたとはたき、台所の板敷を活発に鳴らした。

「父上ぇぇ」

また呼んだとき、廊下の襖《ふすま》が開き、菜実を抱いた母がすっと立っていた。

母は、「なんですか」と言いたげな顔をして俊太郎を見おろしている。

「あっ」

と俊太郎は声をもらし、にっ、と照れ笑いを浮かべた。

《家の中ではみだりに大きな声を出してはなりません》

《家の中を騒々しく動き廻ってはなりません》

《手足は常に清潔を心がけなさい》

《脱いだ履《は》き物は揃《そろ》えなさい》

母は俊太郎にいつもそれを言いつける。

ほかにも、身だしなみや食事の折りの挙措《きよそ》にもいろいろ口やかましい。

けれど母上の言うことなのだから、聞かないわけにはいかない。

父上やお祖父《じい》さま、下男の松助でさえ家の中で大きな声を出さないし、静かに歩くし、手足は汚れていないし、脱いだ履き物はいつも揃っている。

母上の言いつけを守っているのだ。

そう言えば、お祖母《ばあ》さまも母上と同じだな、と俊太郎は思うことがある。

家の中のことは、たいてい、お祖母さまと母上が相談して決めている。

っている。

お祖父さまも父上も、お祖母さまと母上が相談して決めたことにはちゃんと従
お祖父さまと父上に異存がないのだから、俊太郎に異存があろうはずがない。

ただ、ちょっと面倒くさくもある。

周りに人がいないと、ついついぞんざいにすませてしまう。

それを母に見咎《みとが》められた照れ笑いだった。

母は俊太郎に顔を寄せ、指先で俊太郎の尖《とが》った鼻の頭を、つんと突き、

「あなた、少し、騒々しいですよ。手足は洗いましたか」

と、きりっとした目つきで言った。

母の腕の中の菜実が、花びらのような掌を俊太郎の丸い頰《ほお》に触れ、「そうぞうしいの」とでも言いたげに、あぶあぶと声をもらした。

「ねえ菜実、兄上はお行儀が悪いですね」

母が優しく言い、菜実が何やら応えた。

俊太郎は、菜実の白くふわふわした掌を指先でつまみ、

「菜実、また後で遊んであげるからね」

とあやしつつ、菜実も大きくなると、お祖母さまや母上と一緒に家のことを相

談して決めるのかなと思い、ちょっと心配になった。

土間の隅《すみ》に井戸があり、急いで手と足を洗いにいこうとして、

「落ちついて」

と、また母にたしなめられた。

「母上、父上はどちらですか」

俊太郎は、井戸端で洗った手足をぬぐいながら訊《たず》ねた。

「部屋でご本を読んでいらっしゃいますよ。俊太郎も遊んでばかりいないでお勉強でもなさい」

また始まった。

母は口癖みたいに《お勉強でもなさい》と言う。

そんな簡単に、お勉強でも、などできるものか。

お勉強は、いやいや仕方なくやるものだ。

「父上にお客さまなのです」

俊太郎は板敷へあがって、菜実をあやしている母の側に座って言った。

母が、「え?」と俊太郎へ見かえった。

「お客さまって、どちらに」

「あらまあ、なんですか。お客さまなら早く仰《おつしや》い」

「だって母上が……」

俊太郎は小さな口元を、少し尖らせた。

母は菜実を板敷へ座らせ、

「菜実を見ててね」

と襟元《えりもと》や前褄《まえづま》を気づかいつつ、そそくさと応対に出ていく。

母の後ろ姿をきょとんとした顔で追いかける菜実のやわらかい髪の生えた頭を、俊太郎は撫《な》でた。

「いい子、いい子、ちょっと待ってようね。母上はすぐ戻ってくるよ」

菜実が「そう？」というふうに、俊太郎に何か言った。

麻奈が慌てて表へ出ると、年のころは二十二、三に見える小柄な若い侍が、綿《めん》縞《じま》の質素な小袖《こそで》に納戸《なんど》の袴《はかま》姿で、深網笠《ふかあみがさ》をわきに抱えて立っていた。

浅葱《あさぎ》の裏地と黒塗り鞘《さや》の差料の閂《かんぬき》差しが、江戸馴《な》れない勤番侍を思わせた。

「お待たせして、失礼いたしました」

「表でお待ちです」

麻奈は腰を折って、待たせた非礼を詫《わ》びた。

「それがしこそ、日暮さまのお休み中にお許しも得ずうかがいました。まことに恐縮いたしております。ただ今こちらでお坊っちゃまとお会いいたし……」

侍は緊張してか、あるいは遠い道のりを歩いてきたからか、額《ひたい》にほんのり汗を浮かべていた。

「申し遅れました。わたくし、公儀勘定吟味役《かんじょうぎんみやく》筆頭の阿部家におきまして足軽《あしがる》勤めをいたしております高田兆次郎《ちょうじろう》と申します。北町奉行所日暮龍平さまにおとり次ぎ願いたく、まかりこした次第でございます」

侍は、膝《ひざ》に手をあてがい深々と礼をした。

「日暮さまは、ご在宅でいらっしゃいますでしょうか」

「主人は在宅しております。すぐうかがってまいりますので、どうぞ中でおかけになってお待ちくださいませ。こちらは日差しが強うございます」

板塀の片開き木戸から表戸まで数間の飛び石が伝わっており、飛び石にも庭の一隅に植えた撫子《なでしこ》にも仲春《ちゅうしゅん》の日差しが降っていた。

「お気づかいはご無用に願います。ここにて待たせていただきます」

高田は飛び石からはずれて佇《たたず》み、遠慮して頭《こうべ》を垂れた。

どこかの大名の江戸勤番侍ではなかった。

しかし、公儀勘定吟味役の家士といっても、足軽勤めはほとんどが三両《りょう》一人扶《ぶ》持《ち》であり、口の悪い職人らが《さんぴん》と揶揄《やゆ》する微禄の侍である。

そのうえ小柄な高田の体軀《たいく》に、黒鞘の二本が重たそうだった。

むろん、日暮家とて町方同心三十俵《ぴょう》二人扶持の軽輩である。

「あなた、よろしいですか」

麻奈は廊下に膝をつき、龍平が書斎に使っている四畳半の襖へ声をかけた。

「ほおい」

茫洋《ぼうよう》とした声がかえってきた。

龍平は、障子を両開きにしたやわらかな明るみの中に文机《ふづくえ》を置き、痩身《そうしん》にしては幅の広い背中を襖へ向けて頬杖《づえ》をついていた。

縁側越しに木犀《もくせい》の灌木《かんぼく》を植えた狭い裏庭へ目を遊ばせ、背中が何か考え事に耽《ふけ》っている。

部屋の一隅に本が整然と積んであり、壁を覆《おお》っていた。

「お客さまがお見えです。公儀勘定吟味役の阿部家へお仕えの、高田兆次郎さまと申される方です」

「阿部家の？」

龍平は淡い光の中でふりかえり、束の間、屈託を目に浮かべた。

二

龍平は、高田兆次郎の顔に見覚えがあった。

阿部伝一郎を横川の南迷い橋の物乞い小屋で見つけた折り、用人《ようにん》槇原藤次とともに屋根船で伝一郎を迎えにきた小柄な家士だった。

高田は龍平に伝一郎救難の礼を、るる述べた後、

「わたくしは、主人勘解由さまより伝一郎さまづきの従僕を、長年命じられており、このたびの一件で伝一郎さまの身に万一のことがござりますれば、面目を失うところでございました」

と続けた。

高田は、先月一月、伝一郎が隅田川の橋場の渡しの先で船遊び中にさらわれた朝も、伝一郎の供をして浅草橋の船宿《木邑》まで従っていた。

伝一郎はその後、一カ月におよぶ監禁に衰弱した身体《からだ》と心にこうむった痛手の

療養に努めていると、高田は言った。

日暮家には伝一郎救い出しから数日後、阿部家より礼の進物と白紙に包んだ三両の金子《きんす》が届いていた。

龍平は、阿部家よりの付け届けの礼や、町方は未だ正体不明の一味の探索を進めておるところですと、あたり障りのないやりとりを交わしつつ、高田が賊の探索の進展具合を主《あるじ》か槇原の命で確かめにきたものと思っていた。

だから、御番所《ごばんしょ》でわかるのだがな、と少々訝《いぶか》しくも思っていた。

ところが、

「本日おうかがい、いたしましたのは……」

と高田が言い始めたのは、麻奈が茶を淹《い》れた碗《わん》を出してさがったあとだった。

高田は、主や槇原の命ではなく、己の存念で八丁堀の組屋敷、つまり龍平本人を訪ねてきたのである。

「日暮さまは、先だって、銀座《ぎんざ》屋敷の吉右衛門《きちえもん》という見張座人《みはりざにん》が鎌倉河岸《かまくらがし》で追剝《おいはぎ》に遭い、落命いたした一件を、お聞きおよびでしょうか」

「聞いています。御番所でも話題になっていますので」

「吉右衛門さんは勘定吟味役の主の役目上、わたくしも存じあげております。不慮の災難とはいえ、見張座人という重役に就《つ》き栄達を極めておられるあの吉右衛門さんが、まさか追剝などにと、人の世の儚《はかな》さを禁じ得ません」

「確か一件は、南の廻り方が掛《かかり》でしたね」

龍平は応えた。

金座《きんざ》（小判）、銀座（銀貨）、朱座《しゅざ》（銭）は勘定奉行所支配下である。

伝一郎が救出された翌々日の夜だった。

その夜四ツ（午後十時頃）すぎ、蠣殻《かきがら》町にある銀座屋敷の見張座人を勤める吉右衛門が、鎌倉町の料亭で知人との寄合がすんだ帰途、猪牙《ちょき》を頼むため料亭の若い衆に見送られて鎌倉河岸まで差しかかった。

吉右衛門が河岸場まで見送った若い衆に、「もういいよ」と言ったので、若い衆は「へい、お気をつけて」と店へ戻った。

ところが翌朝、河岸場から半町《ちょう》（約五四メートル）ほど竜閑《りゅうかん》橋の方へ堀川《ほりかわ》をそれた切岸の下に、うつ伏せに浮いている吉右衛門を土船《つちぶね》の船頭が見つけたのである。

吉右衛門は、背中、腹、胸に三カ所の鋭い刃物による刺し傷を受け、常に十両以上は入っていたという唐桟《とうざん》の財布と誂《あつら》えものの上等の煙草《たばこ》入れと銀煙管《ギセル》、象牙《ぞうげ》の根付《ねつ》けを奪われていた。

吉右衛門の懐《ふところ》を狙った流しの追剝、強盗の仕業《しわざ》と思われた。

料亭の若い衆は、

「たまたま河岸場の猪牙が出払っておるところへ、神田橋御門の方から船饅頭《ふなまんじゆう》がきかかったんでございやす」

と町方の訊《き》きこみに応えた。

「船頭が竿《さお》を操《あやつ》り、莫蓙《ござ》をかぶった女を二人、乗せておりやした。女が二人というのが珍しいのと、女の色っぽい声が客を誘っていたのを覚えておりやす」

若い衆はさらに言った。

「お客さまが、もういいと仰いやしたので、あっしはまさかこれから船饅頭をお相手にとは思いやせんでしたが、もしやということもあるので、そこで気を利かせたつもりで、店へ引き取らせていただいたんでございやす」

川は暗くて、船頭も女も顔はまったく見えなかった。

掛の町方は、若い衆の訊きこみにもとづき、堀川筋の船饅頭を調べたが、それらしき船饅頭は見つからなかった。

町方は、流しの追剝一味が船饅頭を装《よそお》い、獲物を求めて鎌倉河岸を通りかかって、偶然、吉右衛門を見つけたと推量した。

真偽はどうであれ、追剝に襲われたのは不慮の災難と見たてた。

盗まれた唐桟の財布や上等な煙草入れ、銀煙管、象牙の根付けなどが出廻ってはいないかと、町方は古道具屋を中心に探索を進めているらしいと、龍平は聞いている。

「その一件が、何か」

高田は幾ぶん身を乗り出し、続けた。

「当夜、吉右衛門さんが鎌倉町の料亭で会っておられたのは、わが主阿部勘解由さまとわたくしの上役でもあります阿部家用人の槇原藤次さまなのです。わたくしと中間《ちゅうげん》ひとりがお供をいたしておりました」

それから高田は一重の目を畳へ落とし、唇をぎゅっと結んだ。

「お三方の寄合の目当ては、伝一郎さまのご無事を祝う酒宴でございました。お三方が表向きは寄合にして、祝着《しゅうちゃく》の酒宴を持たれたのです」

そうなのか、と龍平は思った。

勘定吟味役阿部勘解由、用人の槇原藤次、銀座屋敷見張座人吉右衛門が、伝一郎勾拐《かどわか》しのとにもかくにも一件落着を「めでたい」「何より」と、日ごろ親しい三人で酒宴を持った。

伝一郎は無事戻ったとはいえ、一味の正体は未だ不明である。管弦者らを招かぬ手前事《てまえごと》の酒宴だったのだろう。

至極、当然のふる舞いと言っていい。

ただ、阿部家は伝一郎の命と武門の体面を慮《おもんぱか》り、一家の内証事として一件が表沙汰《おもてざた》にならぬよう計らい、龍平ら町方にも極力配慮を要請した。

その阿部家の内証事が、役目上のつき合いが深かったとしても、銀座役人の吉右衛門に伝わっていることに、かすかな違和を覚えた。

吉右衛門と阿部勘解由には、特別なつき合いがあったということかと、龍平はぼんやりと考えた。

「わたくしは中間と別室にて酒宴が終わるのを待っておりました。ところがほどなく、わたくしもその酒宴の座に呼ばれたのでございます」

足軽身分の高田が主の酒宴の相伴《しょうばん》に与《あずか》った、のである。

「そこで、勘解由さまよりある一家にかかわりある者を捜し出せと命ぜられたのでございます。その一家とは、今から十二年前、銀座屋敷で竿銀《さおぎん》横流しの不正が発覚し、死罪になった銀吹き職人一家でございます」

竿銀とは銀座細工方の竿流所で、溶かした銀を鋳型に入れて造る板銀である。

その竿銀を厳密に目方を量りながら、きりとり、整え、銀貨にしていく。

「職人の名は茂七《もしち》、女房と幼い娘が二人おりました。しかし女房は乱心の末に命を落とし、二人の娘は母親の親戚筋の百姓に引きとられましたが、今は行方知れずになっております」

十二年前と言えば、龍平が日暮家へ婿《むこ》養子に入る以前のことである。

町方の龍平はその一件を知らないし、ましてや、銀座の始末は勘定奉行所の支配で町方ではない。

「話は変わりますが、わが阿部家では、中間や下男下女の間で密《ひそ》かに言い伝えられている幽霊話があるのです。十二年前、乱心の末に命を落とした茂七の女房の幽霊が阿部家に出る、という言い伝えです」

龍平は黙っていた。

「むろん、下男下女らの埒《らち》もない言い伝えで、わたくしは幽霊など見たことはございません。ただ……」

高田はためらいがちに、己の言葉に頷《うなず》きながら言った。

「十二年前、わたくしが十一歳で、阿部家に足軽勤めをしていた父がまだ存命だったころ、阿部家の奥座敷で茂七の女房が、乱心の末、手討ちになった出来事があり、あの出来事は今でも鮮明に覚えております」

高田はそこでひと呼吸置いた。

「つまり、茂七の女房が乱心して命を落としたというのは、わが阿部家屋敷内においてなのです」

それから、視線を龍平との間の畳へ落とした。

「莚《むしろ》をかぶせた亡骸《なきがら》を積んだ荷車が、裏門からひそかに運び出されていきました。下男が荷車を引き、勘解由さまの命で、わたくしの父が荷車の側に従って裏門を出ていったのです」

龍平は、高田が何を言おうとしているのか、わからなかった。

「言い伝えでは、茂七の女房は死罪になる亭主の命乞いのために勘解由さまを訪ね、突然乱心したそうです。茂七の女房の手討ちは、評定所《ひょうじょうしょ》でも町奉行所でもとり上げられず、問題にもされませんでした」

高田は苦しそうに眉をひそめた。

「日暮さま、わたくし、本日日暮さまをお訪ねするにあたり、何日もひどく悩みました。足軽身分とはいえ主に仕える侍の、これがとるべき正しい道かどうか、自信が持てなかったからでございます」

そして龍平を見た。

「ですが、わたくしが知り得たこの一条を、このまま闇《やみ》に葬ることは、人としてもっと大きな過ちを犯しているのではないかと思えてならないのです」

「何か、ご家中の秘密を、知られたのですか」

「わかりません。ですが、わたくしはわたくしの心の声に従ったのです」

意味がまだよくわからない。

「高田さん、あなたは町方のわたしに何か訊ねるために見えられた。お応えできないことがあると思いますが、お応えできることであればお応えします。どうぞ、お話しください。伝一郎さん誘拐《かどわか》しの、一件ですね」

龍平が言うと、高田はうな垂れ、二度三度、頭を小さく振った。

「伝一郎さまがさらわれてひと月あまり、阿部家と賊は何度か水面下で接触を持ち、密議を交わしておりました」

龍平は「やはり」と頷いた。

「密議の内容まではわたくしの与り知らぬところです。ただ、その密議が進まず、結局は町方に協力を求めねばなりませんでしたが、賊と接触していることは町方に知られてはならぬと、槇原さまから厳命されておりました」

「密議は、どのように」

「ある日、賊から文が屋敷へ投げこまれました。誰が投げこんだのか、わかりません。文には密議を交わす場所と刻限、それから人が名指ししてあり、その者がひとりでくるようにと書かれてあったそうです」

最初の日は一月十五日の夜四ツだった。

御厩《おうまや》河岸の北はずれの川縁《かわべり》で、賊が声をかけるのを待てという指示だった。

「父親の勘解由さまではなく、槇原藤次さまが名指ししてありました」

当夜、高田は供を命ぜられた。

川縁の藪《やぶ》に身を潜めて槇原の様子をうかがっていると、船頭ひとりの猪牙がすうっと漕《こ》ぎ寄り、槇原と二言三言交わし、槇原を乗せて大川へ漕ぎ去った。

そのとき、猪牙の船頭は網笠と狐《きつね》の面をかぶって顔を隠していた。

一刻《とき》（約二時間）ほど待っていると、槇原を乗せた猪牙がまたするすると漕ぎ戻ってきた。

「その後《のち》は、次に密議する日どりが決めてあったのだと思われます」

それから三回、御厩河岸の北はずれの川縁まで、高田は槇原の供をした。

夜四ツ、狐の面をかぶった船頭の漕ぐ猪牙が現れ、槇原を乗せて大川の暗闇へ消え、高田はそのときも猪牙が戻るのを待った。

高田は四度目の最後の密議は、伝一郎が救い出される前夜だったと言った。

なんと、伝一郎を救い出すために龍平らが探索を進めていた裏で、阿部家と賊の密議は変わりなく行なわれていたのだ。

龍平は腕を組み、客間の縁側越しに狭い庭の木犀に目を投げた。

龍平の書斎からも見える木犀である。

板塀の向こうで、どこかの猫が鳴いていた。

龍平は視線を高田へ戻した。そして、

「で、その前夜の時点でも、賊と折り合いはつかなかった。なぜなら、伝一郎さんを解き放つ賊の要件が、身代金の千両ではなかったからですね」

と言った龍平の脳裡を、槇原の無表情な横顔がよぎった。

三

高田兆次郎は、伝一郎がさらわれて以来、主一族や上役の槇原、またほかの家士からも、「伝一郎の従僕でありながら……」という目で見られているのをはっきりと気づいていた。

高田になんの落ち度もないことが、かえって高田への周囲のふる舞いを刺々《とげとげ》しくさえした。

主の勘解由は、高田に何か命ずるたびに、これによってこのたびの不始末を少しでも償《つぐな》え、という素ぶりを露骨に見せたし、高田が腹でもきらねば気がすまん、と聞こえよがしに言うこともあった。

一方で高田は、賊との密議の場へ向かう槇原の供を命ぜられ、のみならず、隠密裡《り》に伝一郎探索についていた小人目付《こびとめつけ》の岡儀八郎への使い走りや、槇原の私用の用件などにもこき使われた。

そういう中、千両の身代金目あてとは別の裏事情がこの人さらいには隠されているという疑念が生じたのは、槇原と賊が御厩河岸の落ち合い場所で二言三言交わした言葉の中に《茂七》という名前を聞いたからだった。

銀吹き職人茂七の名を、十二年がすぎた今でも高田は忘れてはいない。

十二年前のあの夜、十一歳だった高田は、茂七の女房が阿部家の奥座敷で乱心の末に手討ちになり、亡骸が荷車に乗せられ裏門から運び出されていくのを見た。

亡骸には莚がかぶせてあり、莚の端から夜目にも白い手が見えていた。

その後、茂七は竿銀横流しの罪で死罪になった。

阿部家の足軽勤めをしていた父親が、四畳半ひと間の長屋で、母親相手に酒を呑《の》みつつ愚痴をこぼしていた。

まったくひどい話だ。ただの銀吹き職人に何ができる。のみならず亭主の命乞いにきた罪もない女房を乱心者と斬《き》り捨てるとは、身分の高い侍だとて、そんな無法は許されることではない。

つくづく侍勤めがいやになった。

高田には父親の愚痴が、巷《ちまた》で評判になっている竿銀横流しの銀座屋敷不正の一件と、死罪と聞いた茂七という職人の女房のあの夜の手討ちを指していることは、子供心にもわかった。

茂七の……

賊と槇原のやり取りの中で聞こえたその名前が、高田に十二年前のそのときの記憶を呼び戻したのだった。

《まさか……まさか、まさか、まさか》

と、高田は嵐のように繰りかえし思った。

高田は足軽勤めの合間を縫《ぬ》って、ひとりで調べ始めた。

ある日、伝《つて》を頼って勘定奉行所勘定衆の頭《かしら》に会うことができた。

勘定衆の頭は、あの半年ほど前から銀座屋敷で不正が行なわれているという差し口（密告）が勘定奉行所に入り、内偵が進められていた、と言った。

差し口には、勘定吟味役筆頭阿部勘解由、銀座屋敷見張座人吉右衛門、そのほかに勘定方見廻りや細工方の職人らの名が数人あった。

不正は、銀吹き職人が作った竿銀を元掛所で目方を慎重に量り、狂いがあると竿流所へ戻し、また溶銀にして鋳《い》直すが、竿流所に戻された竿銀の相当量が長年に亘《わた》り隠匿《いんとく》され、密かに運び出されているというものだった。

勘定奉行所は震撼《しんかん》した。

勘定吟味役筆頭といえば、職禄こそ五百石《こく》と高くはないが、老中に直属し、職禄三千石の勘定奉行と肩を並べる公儀会計の高官である。

また、銀座屋敷細工方見張座人は、金座の後藤《ごとう》家と並ぶ大黒常是《だいこくじょうぜ》家が、代々支配を継ぐ銀座屋敷の由緒ある重役なのである。

その二人の名前が浮上しただけでも、公儀の政道を揺るがす一大事だった。

ところが勘定奉行所の内偵が進むさ中、内偵とり止《や》めの沙汰《さた》がくだされた。

勘定奉行所の下僚は、誰もそれに異議を唱えなかった。

これ以上内偵を進めると、勘定吟味方詰所のみならず、御殿御勘定所、下御勘定所の朋輩《ほうばい》に縄をかける事態になるかもしれなかった。

「あのときは、勘定奉行所内はみな戦々恐々としていたよ」

と、頭は笑い話のように言った。

ほどなく、銀吹き職人の茂七が竿銀横流し、横領の罪で捕えられ、小伝馬町の牢屋敷《ろうやしき》に収監された。

茂七以外に罪科《つみとが》を受けた者はいなかった。

勘定方は、茂七の名前は疑惑探索の段階では一度も浮かびあがっておらず意外ではあったが、そんなことはどうでもよかった。

誰かが捕縛されれば、それでよかったのである。

「つまり、一件は落着さ」

頭の知っている話はそれだけだった。

「後は何も知らん。知らないのが身のためだからな」

頭は、ははは……と笑った。

「何とぞ、わたしがおうかがいいたしましたことは、ご内密に」

高田は頭に、一分金《いちぶきん》を白紙に包み差し出すと、頭は貧乏足軽の差し出した白紙を受けとり、もっと詳しく知りたければと、銀吹き職人の茂七を知っている細工方の職人を教えてくれたのだった。

高田は蠣殻町の銀座屋敷へも足を伸ばし、細工方のその職人と会った。

職人は高田に、吐き捨てるように言った。

「竿銀の横流しなんぞ、職人ひとりでできるはずがないんだ」

細工方には職人仲間が大勢いるし、見張座人、勘定方見廻りの厳重な監視下にあるのだから、見張座人や勘定方見廻りに仲間がいないとできるはずがないのだと。

ましてや横流しした竿銀を運び出すには、外部の者の助けもいる。

よほど周到な謀議が廻《めぐ》らされた横流しに違いないのだ。

「茂七が捕えられたとき、噂があってよ」

と細工方の職人は言った。

「勘定吟味役の阿部家の用人で槇原藤次っていうお侍が吉右衛門さんに、ときどき会いにきてた。なんでも、吉右衛門さんとは幼馴染《おさななじ》みで、二人でしょっちゅう会っていたらしい」

それは、槇原と吉右衛門が謀《はか》って竿銀横流しを画策し、阿部勘解由が地位を利用して勘定奉行所役人らを巻きこんだ、というまことしやかな噂だった。

「けど、お上の連中は言い逃れ、それが許される。茂七が捕えられたと聞いたこっちがびっくり仰天よ。茂七はそんなことに手を染めるような男じゃなかった。ただ仕事ひと筋の腕のいい銀吹き職人だった」

勘定奉行所のお調べで、茂七は言った。

「阿部勘解由さまと吉右衛門さんのお言いつけに、従ったのでございます」

しかし疑惑にあがった当の阿部勘解由と吉右衛門が、茂七の罪を言いたてた。

「茂七は見張座人吉右衛門と槇原藤次、阿部勘解由にそそのかされ、利用されたんだ」

茂七のお裁きは死罪だった。

「えらいべっぴんの世話女房と、可愛《かわい》らしい娘が二人いたんだがなあ」

ところが女房は阿部勘解由に亭主の助命を訴えにいき、逆に乱心者、と手討ちになり殺された。

「娘らは親戚に引きとられたが、その後、行方が知れなくなった。ここだけの話、あの一家は阿部家と吉右衛門らにめちゃめちゃにされたんだ」

　高田は、親戚筋に引きとられた姉妹の行方を職人に訊ねた。

「今ごろ、誰かの女房にでもなっているか、女郎にでも身を落としているか」

と職人は言った。

　そのとき高田の胸の中に、確信のようなものが渦巻いた。

　賊との密議が水面下で行なわれているにもかかわらず、千両の身代金で伝一郎解き放ちが進まないわけが、高田の脳裡にひらめいたのだった。


　龍平は腕組を解き、膝に手を置いた。

　俊太郎と舅《しゅうと》の達広の声が客間に聞こえた。

　達広は朝、下男の松助をともなって出かけていたが、もう戻っているらしい。

　珍しい土産物《みやげもの》でも買ってきたのか、俊太郎が「わあ」と甲高《かんだか》い声をあげ、姑《しゅうとめ》の鈴与が、

「お客さまがお見えでしょう。静かになさい」

　とたしなめている。

　ふと、高田のなごんだ目と合った。

「申しわけございません。お休み中のところ」

「いえ。休みといいましても、奉行所にはいきませんが伝一郎さんをさらった賊の探索は続けなければなりません。一件の経過を、調べ直していたところです。午後には訊きこみに出かける予定でした」

「日暮さま、わたくしもその訊きこみにお供させていただくわけには、いきませんか。ご迷惑は決しておかけいたしません。お望みなら茂七一家が住んでおりました裏店《うらだな》へ、ご案内いたします」

　高田は袴をつかみ、ためらいつつも、膝を乗り出した。

「わたくしは主より、事情も知らされず、茂七一家にかかわりある者を捜し出せとの命を受けました。その場には、槇原さまと吉右衛門さんもいた。二人も伝一郎さま誘拐《かどわか》しの真の事情を、間違いなく知っているのです」

　もしも……と高田は言葉を継いだ。

「吉右衛門さんが、あの夜、追剝に遭わなかったら、わたくしは今日、日暮さまをお訪ねしなかったと思います。けれど吉右衛門さんの一件が起こったことで、曖昧《あいまい》だったことがすべてつながったのです。これは……」

「これは？」

「つまり……伝一郎さま誘拐しと吉右衛門さんの不慮の災難、二つは、不慮の災難ではありません」

「十二年前死罪になった茂七一家にかかわる者の、復讐《ふくしゅう》、仇討《あだう》ちと？」

「そうです。伝一郎さまが救い出され、一味のひとりが石原町の田楽橋で斬られた。密かな談合の半ばにです。残りの一味は強行手段に出始めた。それが吉右衛門さん襲撃です。次は槇原さま、そしてわが主……」

「そうだと言える、証拠があるのですか」

高田はうな垂れた。

「証拠はありません」

それから頭を昂然《こうぜん》とあげた。

「けれど、わたしは、この一件の確かな証拠をつかみ、明らかにしたいのです。無性にそうしたいのです。わたしは、やらなければならない。なぜなのでしょうか。己自身なぜなのか、己の気持ちがわかりませんが……」

高田は思いつめた語調で言い、そしてまた肩を落とした。

四

昼の九ツ（正午頃）すぎ、寛一が萌黄《もえぎ》の羽織をひらひらなびかせ、亀島町の組屋敷へやってきて、屋敷内が急に賑《にぎ》やかになった。

龍平は黒巻き羽織の定服《じょうふく》ではなく、黒染めに松葉模様の袷《あわせ》を着流し、腰の二刀、十手《じって》は博多《はかた》帯の後ろ結び目にぎゅっと差して拵《こしら》え、菅笠《すげがさ》をかぶった。

表に出て、庭の飛び石を伝い、通りへ出る片開き木戸がある。

片開き木戸は戸であり、門ではない。

町方同心の組屋敷には、門をかまえることが許されていなかった。

寛一、深網笠の高田の順で龍平に従った。

三人が通りへ出たすぐ後に、その片開き木戸が開いて、俊太郎が勢いよく飛び出してきた。

たたたっ、と走って龍平に並びかけ、

「日暮どの、南茅場町までお見送りいたす」

と龍平を見あげて言った。

「さようか。お心遣い、痛み入り申す」

龍平は北方《きたかた》の霞《かすみ》のかかった空を見あげたまま、俊太郎に応えた。そして、

「俊太郎どの、母上に叱《しか》られぬよう勉学に励まれませ」

と言った。

「心得ました。わたくし、友らとひと遊びすませてから、勉学に臨みます」

「ふむ。それでよろしい」

俊太郎が、「くくく」と笑い、龍平も、「ふふふ」と笑いかえす。

龍平は南茅場町への通りを歩み、俊太郎は父親に遅れまいと、懸命である。俊太郎はませている。

四半刻《しはんとき》（約三〇分）後、龍平、寛一、高田の三人は神田豊島町の藁店《わらだな》の木戸をくぐった。

路地奥の奥止まりに、《黒雲亭》と軒にさがった提灯《ちょうちん》が見える。

腰高障子《こしだかしょうじ》が両開きになっていて、中の客席に使う畳敷では、黒雲が客に応対していた。

黒雲は路地をくる龍平と目を合わせ、これは……という会釈を寄越《よこ》した。

「それでは三月三日、上巳《じょうし》の節句です。よろしくお頼みいたします」

羽織姿の客が黒雲に言った。

「心得ました。三月三日、京橋《左《さ》の松《まつ》》さん、と」

黒雲が筆先を舐《な》めて湿らせ、膝《ひざ》の帳面に記している。

「当夜は送り連《れん》が大勢押しかけますが、よろしいですね」

「送り連につきましては町《ちょう》役人に協力をお願いし、人を雇《やと》い備えます」

楓姉妹の高座を京橋の寄席・左の松の亭主が頼みにきているらしい。

客は龍平らに黙礼し、「それでは」と座を立った。

入れ替わって表戸の敷居を跨《また》いだ龍平に、

「どうぞ、おあがりください」

まだ布子《ぬのこ》の半纏《はんてん》の黒雲が先客の使っていた座布団《ざぶとん》をかえした。

続き部屋の奥の高座には、芸人はあがっていない。

高座の左右の蠟燭《ろうそく》たてが、所在なげに見えた。

「ここで……」

龍平は部屋の琉球畳《りゅうきゅうだたみ》のあがり端に腰をかけ、微笑《ほほえ》んだ。

「楓姉妹の高座の依頼ですね。たいした人気だ」

「まことに、ありがたいことで」

黒雲は火鉢にかかった鉄瓶《てつびん》から湯を碗にそそいで、龍平と寛一、そして高田にも「どうぞ」と言って白湯《さゆ》をふる舞った。

寛一と高田は、戸口の両開きにした腰高障子を背に控えた。

黒雲が高田に穏やかな笑みを向けると、高田は恥ずかしそうに一重の目を伏せ、深網笠を反対の手に持ち替えた。

黒雲は伝一郎の従僕である高田の顔を覚えていたのだろう。

「楓姉妹が、石原町からこちらへ越されたそうですね」

黒雲は日焼けした大きな手で、ごま塩のいがぐり頭をなでながら、

「お陰で、裏の住まいを二人に譲らされて、わたしはこちらの隅で寝起きしておりますよ」

と、にこやかに言った。

台所の落ち間のある部屋の隅に、枕屏風《まくらびょうぶ》を囲って布団と箱枕が重ねてある。

龍平は高座の脇の潜戸《くぐりど》を見た。

「では、裏の住まいに楓姉妹は今もいらっしゃるので」

「出かけてはおらぬと思いますが、呼び寄せますか」

「いや結構です。黒雲さんに話をうかがいにきましたので」

「お上のお役にたちますのであれば、なんなりと」

黒雲はいっそう深い皺《しわ》を刻んだ。

「《夢楽》の伊兵衛の一件では、驚かれたでしょう」

「同じ町内で親しくしておりました夢楽さんのご亭主があんな方だったとは、そりゃあ驚きました。ましてや染之介は、あの人さらいの場に居合わせたのでございますからな」

黒雲は笑みを絶やさない。

「伊兵衛さんは、楓姉妹の務めの日どりをこっそりつかんで、ああいう謀《はかりごと》を廻《めぐ》らしたのでしょうか」

「そうだと思われます」

「あれ以来、二人が恐がりましてな。姉妹二人で暮らした方がごひいきの受けはいいんですが、恐いからこちらへ越したいと申すので、仕方ありません」

「黒雲さんと夢楽の伊兵衛とは、どういうつき合いで」

「わたくしどもが江戸にまいり、この寄席を開きましたのが三年前。姉妹の宿を石原町に決めましたのは手ごろな店《たな》が見つかった、それだけでございます」

「偶然、楓姉妹の宿の近くに夢楽があった、ということなのですね」

「いいえ。姉妹が住み始めてから三、四カ月ぐらいしてでした、あの入り堀端で夢楽が店開きしたのでございます」

「後からですか」

「楓姉妹が寄席の務めを終えた後は、寄席で働く男衆などに姉妹を宿まで送り届けていただいております。ご存じのように、姉妹の高座の後は送り連が必ず宿まで従ってまいります」

　黒雲はごま塩頭をなでた。

「まことにありがたいごひいきではございますが、みなさん昂《たか》ぶっておられます。もしもという恐れもあり、じつは送り連から姉妹を守る男衆を、寄席の亭主にこっそりお願いしておるのでございます」

「黒雲亭の高座のときは、黒雲さんが楓姉妹を宿まで送られるのでしたね」

「さようです。ある夜、石原町まで姉妹を送った後、ふと、堀端に串田楽《くしでんがく》の文字が見えるではありませんか。わたしも嫌いではございません。田楽を肴《さかな》に一杯やるのも悪くねえと、帰りしなにぶらりと夢楽へ寄ったのでございます」

　それが伊兵衛とのつき合いの始まりだった、と黒雲は続けた。

「わたしが馴染みになるに従って、姉妹も自然と伊兵衛さんとご近所づき合いをするようになりました。親しんでおりましたのに」

　龍平は、ひと呼吸置いた。

「伊兵衛は黒雲亭にも、顔を出していたようですね」

「昼間、神田のやっちゃ場などへ仕入れにいった折りに顔を出してくれ、姉妹に知らせがあるときは、伊兵衛さんにお願いしておりました」

「……先月、《飛龍魔連》の件でこちらにうかがった折り、あの潜戸から伊兵衛が顔を出しましたね。うかつにも、後で思い出しました」

「後でとは？」

　黒雲が伏せた笑みをあげた。

「田楽橋で、伊兵衛と刃を交わしました。あのあとです」

「見事、討ち果たされましたな。巷《ちまた》では評判ですよ」

　龍平は応えず、黒雲の投げかける笑みを受けた。

「そう。北の御番所にその日暮らしの龍平という下っ端の同心がいる。その下っ端がとんでもない手柄をたてた。公儀勘定吟味役筆頭の阿部家の嫡子伝一郎を金目あてにさらった賊の頭を、一刀の下《もと》に斬り伏せ成敗したと」

「建て前上、一件は表沙汰にしてはならんという上《うえ》からのお達しなのです」

「表沙汰にしてはならん？　そりゃあ無理だ。だいたいが、阿部家の倅がさらわれた屋根船が見つかったのは、人が大勢通る両国橋の下でしたからね。みんな知っておりますよ」

黒雲は、ご存じでございましょう、と目をいっそう細めた。

「それに伊兵衛は頭ではありません。一味の頭に従っていただけです」

龍平は言い足した。

「黒雲さん、伊兵衛とのつき合いの中で、仲間らしき人物に心あたりはありませんか。夢楽にも顔を出していたと思うのですが」

「さあ。わたしが夢楽へ顔を出すのは、たいてい、姉妹を宿へ送った後の夜更《よふ》けでしたので。そのときはいつも伊兵衛さんひとりでした。流行《はや》らねえ店だなと、からかったこともございます」

「伊兵衛は侍です。実の名は田宮伊織《たみやいおり》といい、元は公儀御家人です」

「ほう、あの伊兵衛さんが」

「若いころに放蕩《ほうとう》を繰りかえし、悪《わる》に馴染んで御家人の禄を失ったのです。悪事を働き小金を手にすればたちまち蕩尽《とうじん》する。そしてまた悪仲間らと強請《ゆす》りたかりの日々を送る。そうして年老いた。歳は五十半ばをとうにすぎている」

「さすがは御番所。よくお調べで」

「そんな男には、見えませんでしたか」

「一向に。わたしには同じ老いぼれの、旨《うま》い串田楽を食わせる煮売り屋のおやじでした」

そのとき、高田兆次郎が物問いたげに、ちらと身を乗り出したので、龍平と黒雲が見かえった。

高田はたじろぎ、ためらって、気弱に顔を伏せた。

黒雲が、ふふ、と笑った。

「そんな暮らしに零落《れいらく》していた伊織が、どうして夢楽を出せたのでしょう。小さな煮売り屋でも店を開くにはそれなりの元手がいる。その元手は、どこで手に入れたのか」

黒雲は龍平の言葉に合わせて小首をふった。

「黒雲さん、わたしは不思議に思うのです。三十年、四十年、と長く馴染んできた自堕落な暮らしを、人はそんなに簡単に改められるのだろうかと」

「結局、改められなかったから、伊兵衛さんはあんな恐ろしい悪事を働いたのではございませんかな」

「そうですね」

龍平は夢楽で食べた串田楽の味噌の味を思った。

「あの串田楽は、旨かった」

龍平は、ぽつんと呟いた。

黒雲は「おや？」と龍平を見た。

「日暮さまは、夢楽の串田楽を味わわれたのですか」

「観念して、縄についてほしかった。だから初めは、客としていったのです」

黒雲は、ぎょろり、と目を剝《む》いた。それから突然、

「伊兵衛さんも、日暮さんのような方に、最後に自慢の串田楽を褒めてもらえて、さぞかし本望でございましょう」

はっ、はっ、はっ……と磊落《らいらく》に笑った。

五

三人は、黒雲亭から江戸一番の賑《にぎ》やかな両国広小路へ出た。

両国橋を大川の東、向こう両国へ渡る。

今朝の高田の話から、茂七の一家について調べてみる算段だった。

両国橋の橋板が、途ぎれることのない人の往来で喧《かまびす》しく鳴っていた。

船頭が威勢よく櫓《ろ》を操る押送船《おしおくりぶね》が、波を蹴《け》たてて川上へ漕ぎのぼっていく。

両国橋の中ほど、願い事を叶《かな》える擬宝珠《ぎぼし》の側で龍平は、寛一の後ろに従う高田へ声をかけた。

「高田さん、さっき黒雲亭で何か言いかけましたね」

龍平は高田が遠慮がちに並びかけるのを待って、また歩き始めた。

「申しわけございません。よけいな差し出口をいたすところでした」

「いいんですよ。訊きこみではよくあることです。で、何を仰ろうとなさったのですか」

高田は五尺七寸（約一七一センチ）ほどの龍平より、二寸（約六センチ）以上も小柄だった。

それに痩せてもおり、深網笠が身体と較べて少し大きく感じられる。

「あの波野黒雲という方とは、伝一郎さまが賊にさらわれた日、船宿の木邑でお会いしております」

「ああ、そうでしたね」

「さっき田宮伊織の話をされていたとき、黒雲という人物も元は侍ではないかと思ったんです。それで思わず……」

高田は龍平と同じ感じを抱いた。

侍は侍を知るか——と龍平は思った。

「じつは、田宮伊織の人別帖を探ったついでに、黒雲の素性も探ったんですが、そっちは不明でした。自身は生国は常州《じょう》の元は百姓で、放蕩で家と畠《はたけ》を失い、旅芸人に身を落としたと言っていますが」

「なぜ黒雲の素性をお調べに？　怪しいところがあるのですか」

「あなたと同じ、ふと思ったからです。元は侍じゃないかとね」

「黒雲という男、歳は取っていたけれど、男の気風《きっぷ》みたいなものが伝わってきました。じろりと見られて身がすくみました。たとえ芸人でも、わたしなんかとてもかなわない」

両国橋を渡って向こう両国本所元町から一ツ目之橋を越えた。

竪川沿いに六間堀《ろっけんぼり》へ出て、六間堀の堤を南へたどり、五間堀《ごけんぼり》へ分かれた弥勒寺《みろくじ》橋の南側に北森下町《きたもりしたちょう》が板屋根や甍《いらか》を並べている。

十二年前、北森下町の裏店に、銀吹き職人茂七と一家は住んでいた。

四十代の家主は、十二年前の茂七一家のことをよく覚えていた。

「忘れはいたしませんとも。わたしが三十になるころで、親父を継いでこちらの家主を務めさせていただくことになり、間もなくの出来事でした」

ある朝、勘定奉行所の役人と手の者が北森下町の裏店一帯をとり囲んだ。

役人らはいきなり路地へなだれこみ、茂七を荒々しく捕縛した。

近所でも評判の美しい女房と、人形のように可愛らしい十歳と五歳の娘がいて、縛られ引っ立てられていく茂七を追って、泣いていた。

女房が気丈にも役人にすがり、亭主が何をしたのかと訊ねたが、役人は、

「端女《はしため》、おまえの知ったことではない」

とふり払い、それでも何とぞ、と迫る女房に十手の雨を降らせた。

「白い綺麗な顔が赤黒く腫《は》れあがりましてね。小さい娘らが必死に、ごめんなさい、ごめんなさいと役人にすがるんですよ。路地の住人が騒ぎましてね。見ちゃあいられませんでした。わたしも若かったから熱くなりましてね」

その三日後の夜で――と家主はさらに言った。

茂七の女房の亡骸が荷車で運ばれてきた。

莚がかぶせられ、白い手が莚の端からこぼれていた。

荷車を引く下男らのほかに侍がひとりついていて、

「勘定吟味役筆頭阿部家に仕える者である。この者は当家において乱心し、わが主に無礼を働いたゆえ手討ちにいたした。奉行所にはすでに届けてある」

と、それだけを言い残して去った。

翌日、名主、月番の町役人が揃って駿河台下の阿部家を訪ね、用人の家士より茂七が銀座屋敷において不正を働き捕えられた、と教えられた。

女房は亭主の助命を筋違いにも当家へ願い出て、それは勘定奉行所支配で当家にはかかわりがないと言うと乱心し、主を罵《ののし》り始めた。

無礼の段、許すわけにいかず、やむを得ず手討ちにしたと用人は言った。

「乱心と申しますと」

と訊ねても、

「乱心は乱心である。ほかに何がある」

と木で鼻をくくる対応であった。

それ以上事情のわからない町役人らは、引きさがるしかなかった。

二月《ふたつき》後、茂七は死罪になった。

「あとは残された幼い娘らのことでしたが、罪人の娘ということで引きとり手が見つからず、わたしどもで預かろうかと考えておりましたところ、母方の縁者で亀戸村《かめいど》の梨吉《りきち》という百姓へ引きとられることが決まったのでございます」

家主は自身番《じしんばん》が保管する人別帖を繰り、亀戸村梨吉の農家の所在を示した。

「娘の名は、上がお銀《ぎん》、下の娘がお染《そめ》でございます。ちなみに、茂七の女房はお参《さん》でございます」

家主は龍平に最後にそう言った。


亀戸村の梨吉の百姓家は、竪川の四ツ目《よつめ》通りをすぎ、南北に交わる横川の旅所《たびしょ》橋を越えた亀戸天神旅所北方に広がる田畑の中にあった。

囲いのない庭の母屋の前に大根畑があり、百姓女が納屋で藁を打っていた。

女に案内を乞《こ》うと、五十すぎの日焼けして皺の多い男が出てきて、

「梨吉でがす」

と嗄《か》れた声で言い、腰を折った。

梨吉は倅《せがれ》に田畑を譲り、今は隠居暮らしの傍ら亀戸大根を栽培している。

龍平は母屋の縁に腰かけ、早速、

「梨吉さんが引きとった茂七の二人の娘のことなんだが」

　ときり出した。

「罪人の子らだで人目も悪いが、知らぬふりもできず、仕方あるめえと引きとったでがす。あの納屋の二階に住まわしてやりましたども」

　龍平の背後に佇んだ寛一と高田が、納屋の方へ顔を向けた。

　明るい午後の日が差す庭に鶏《にわとり》が数羽、歩き廻っていた。

　その庭の向こうに、ひび割れた土壁の粗末な納屋が建っている。

　板戸を開けたところで百姓女がまた藁打ち仕事に戻っていた。

　龍平は胸がつまった。

「あの納屋でか。母屋で暮らしたのではないのか」

「罪人の子をおらの子供らと、一緒にすることたあできねえでがす」

　梨吉は顔中皺だらけにして笑った。

「あの子らは百姓仕事には馴れてねえし、おらたちにも懐《なつ》かなかった。二人で泣いてばかりいて、いい加減にしろとたしなめてもお染がすぐめそめそして、姉のお銀もつられて泣き出して、まったく、手のかかる子らでがした」

　無理もない。十歳と五歳の子供なのである。

「お銀お染は、今はどうしてる」

「あの子らを引きとって三月《みつき》ぐらいでがした。ある日、たかやせいろく、という浪人風体の侍が訪ねてきたでがす」

「たかやせいろく、というのか」

「確か、そんな名でがした。形《なり》の大きな侍でいい歳だったが、侍にしては愛想がよかった。お銀とお染を、もらいたいと言ってきたでがす」

と梨吉はその経緯《いきさつ》を語った。

お銀とお染を納屋から連れてくると、侍は薄汚れた娘らを見て言った。

「おじさんを覚えていないか。お染が赤ん坊のころ、おまえたちの家に遊びにいったことがあるんだぞ。おまえたちの父親の茂七は、歳は違うがおじさんとは仲のいい友達でな。おまえたちの母親にも、いろいろ世話になった」

お染は言うまでもなく、お銀もはっきりとは覚えていないふうだった。

「おじさんはこれから旅に出る。どうだ、おじさんと一緒に旅に出ないか。おまえたちの父ちゃんと母ちゃんは、世話になった恩がえしをする間もなく亡くなった。だからおじさんは、代わりにおまえたちに恩がえしをしたい」

と侍は言ったという。

「三人で旅に出て、暮らすんだ」

「どこまでいくの」

お銀が訊くと、侍は微笑んで言った。

「遠い遠い国を、旅するのだ。旅の途中で、小さな寺があったら、父ちゃんと母ちゃんの菩提《ぼだい》を三人で弔《とむら》おう」

「いく」

と、強く頷いたのは姉のお銀だった。

「わっちも、いく」

お染が姉を真似《まね》て応えた。

「あの子らがいくと言い張ったから、仕方なかったでがす。あの子らの食い扶持もきっちり置いて、わきまえのある侍だったし、着物も袴も小奇麗だったから、この侍なら娘ら預けても心配ねえと思った」

梨吉は抜け抜けと言った。

しかし、おそらくそうではあるまい。

梨吉は娘らを宗門改帖《しゅうもんあらためちょう》にも入れず、三月の間、あの納屋に住まわせていた。

梨吉は娘らをやっかい払いするため、おそらく、売ったのだ。

「半刻後、旅支度をした娘らを連れて、侍は北の方へ去っていったでがす。お染を背中に負いお銀の手を引いていきやした。娘らは村の田んぼの道を、恩になったおらたちをふりかえりもせず、いっちまったでがす」

十二年前の、冬の初めの昼さがりだった。

梨吉はそれ以後、娘らの消息は知らなかった。

「けど、恩がえしだかどうだか、あてになりゃしねえ。今ごろあの子らは、どっかの宿場で飯盛《めしもり》（女郎）にでも、売られてるべえな」

と梨吉はにやにやした。

すると、後ろの高田が身を乗り出して言った。

「あてにならないと思っていながら、あんたは娘らを侍に売ったのか」

「そ、そんなぁ、売ったんでは、ねえでがす。三月分のあの子らの面倒を見た食い扶持を、侍の方が置いていくと言ったで、そんなに言うならと、受けとっただけでがす」

「面倒を見ただと。両親を失った縁者の幼い子供らの、食い扶持だと」

「そ、そんなこと、今さら、言われても、よう」

龍平はふりかえり、高田を制した。

六

同じころ、人宿《ひとやど》《梅宮》の宮三は、深川永代寺《えいたいじ》裏を流れる油堀《あぶらぼり》（十五間川《じゅうごけん》）沿いの武家屋敷地に囲まれた富岡町の脇道から木戸をくぐった。

江川《えがわ》でゆき止まりになる賄《まかな》い方《かた》組屋敷地の北隅に、笹竹《ささだけ》を組み合わせた形だけの垣根があり、継《つ》ぎ接《は》ぎのあたった紺帷子《こんかたびら》を裾端《すそはしょ》折りにした男が、あばら家のような建物の前の、草が茫々《ぼうぼう》と生えた庭で鍬《くわ》をふるっていた。

春とは言え、帷子だけではあばらの浮いた胸元が寒々としていた。

男は公儀賄い方の柿右衛門《かきえもん》、四十八歳である。

賄い方は奥坊主らと似た身分の小吏《しょうり》である。

宮三は奉公人を周旋する武家の伝を頼って、元御家人田宮伊織と数年前まで交友のあったらしい賄い方の柿右衛門を、菓子折りを提げて訪ねていた。

柿右衛門は垣根に立った宮三に気づかず、庭のごみを江川へ投げ捨てた。

江川の対岸は冬木《ふゆき》町である。

「柿右衛門さん、神田竪大工町の宮三と申します」

柿右衛門がふりかえった。宮三は庭に踏み入り、

「御用の筋で、田宮伊織という元御家人さんのことをおうかがいするために、まいりました。どうか、これを」

と、永代橋際《佐原屋《さわらや》》の永代団子の菓子折りを差し出した。

柿右衛門は菓子折りと宮三を見較べ、汚れた手で菓子折りを受けとった。

「ありがたく、いただきます。一昨日も見えられたそうですね」

「一昨日、お内儀《ないぎ》さまに本日がお休みとうかがいましたもので。ちょいとお時間を、いただけませんか」

「かまいませんが、ご覧のとおりのあばら家で。立ち話でなら」

「けっこうです」

柿右衛門は菓子折りを垣の根元へ置き、鍬を使い始めた。

家の中から女房らしい女が、庭先の宮三と柿右衛門をのぞいた。

「胡瓜《きゆうり》を植えようと、思いましてね。胡瓜は一年中収穫できるそうです……しかし田宮さんとは、もう三年近く会っていませんよ」

雑草まじりの黒い土をかきながら、言った。

「それまでは、たびたびお会いに？」

「三、四カ月ごとに田宮さんの方から、ぶらっと訪ねてきましてね。夜更けまで昔の話をしながら安酒を酌み交わし、それから、またなと別れる、それだけです」

「三年近く会っていらっしゃらないのは、なぜなんです」

「田宮さんが顔を見せなくなったからです。わたしの方からは訪ねません。住まいも知らないし、始終、転居なさっていたから」

「三年近く前からというのは、そのころ、田宮さんに何かあったんですか」

「わたしは知りません。別に何もないと思いますが」

柿右衛門は土をさくさくとかいていた。

その手を止め、腰を伸ばした。

「御用の筋でうかがわれたということは、田宮さん、今度は何をなさったんですか。町方に追われているんですか」

柿右衛門は、三年ほど前から、田宮伊織が煮売り屋・夢楽の亭主伊兵衛になりすましていたことや田楽橋の一件は、何も知らないふうだった。

「田宮さんは先だって、亡くなったんですよ。御用の筋で追われましてね。詳しい事情は今は話せませんが……」

すると柿右衛門は、啞然《あぜん》とした顔を宮三に向けた。

「柿右衛門さんと同じく、田宮さんは三年ほど前から、それまでのつき合いを断って行方がわからなくなったと、みなさん仰います。だとしたら、三年前、田宮さんに行方をくらます事情が、あったんじゃねえかと思うんですが」

柿右衛門はまた鍬を働かし始めた。

「あるいは三年前、田宮さんが行方をくらますきっかけを作った人物が現れたんじゃねえか。で、そういう人物にお心あたりがねえかと、訊ねて廻っておるところで」

ざくざくと、鍬の音が強くなった。

柿右衛門は土の中から陶器の欠片《かけら》のような物を拾い、江川に投げた。

「田宮さんはわたしより十歳年上で、お城では上役にあたる人でしてね。わたしら身分の低い賄い方にも気さくに話しかけられて、わたしらの間では評判のいい上役でした」

田宮伊織は公儀賄い方の調べ役だった。

「ですが、博打《ばくち》、女、酒、よくある遊び好きだったなあ。わたしらも呑みに連れていってくれました。職禄七十俵の薄給なのにね。たぶんあの人は、お城勤めには向いていなかったんだと思います」

　あるとき、田宮は出入りの商人からの借金が滞《とどこお》って訴えられ、不届きという理由で役を解かれた。

「呑ませてもらって言うのもはばかりますが、ちょっと金にだらしのないところがありました。もうちょっとそこらへんを、ちゃんとしていればなあ」

　にもかかわらず田宮の素行は治まらず、役を解かれた後は、いっそう遊蕩に耽《たん》溺《でき》していった。

　やがて田宮家は改易《かいえき》となり、田宮は無頼の徒に零落していった。

　柿右衛門は、賄い方の見習でお城にあがったころ、まだ調べ方を勤めていた田宮から目をかけられた。その誼《よしみ》で、田宮家が改易になった後も、とき折り、伊織とは酒などを酌み交わす間柄だった。

「みんな、無頼の徒に染まった田宮さんとかかわり合いになるのを恐れてさけてますが、田宮さんはただ、昔の配下だったわたしらと呑みたかっただけなんです。そんな人を、落ちぶれたからって、可哀想じゃないですか」

「田宮さんと最後に会われた折り、もちろん最後の折りでなくてもいいんですが、田宮さんとかかわりのある誰か人の名前か綽名《あだな》、あるいは仕事、遊び、特定の町の名、とか思いあたることはありませんか」

「さあ、気まぐれにぶらりと会うだけでしたから、気にしてなかったし、それにもう三年もたっていますからね」

柿右衛門は鍬を動かし、首をかしげた。それから、

「そうだな……」

と表情をゆるめた。

「高家清六《たかやせいろく》という人物がおります。田宮さんはその高家という方と、わたしなどより親しくつき合っておられた」

「たかや、せいろく……」

「その高家という方が、事情があって十年ほど江戸を離れていたが、最近江戸に戻ってきた、とは言っておりましたな」

「どういう人物で？」

「元、どこかの藩の浪人と聞きましたが。ずっと昔、田宮さんと呑んだ折り、高家がな、などと田宮さんが何度か口にされたのを覚えています。気にしていませんでしたから、それ以上は聞いておりません」

「それが三年前、最後に会われたときのことですね」

「田宮さんとはそれきりなのだから、三年前なのでしょう。高家という人物のことを詳しくお知りになりたければ、仙台堀《せんだいぼり》の伊勢崎《いせざき》町で賭場《とば》を仕きっている沼吉《ぬまきち》という貸元を訪ねられるといい」

柿右衛門はまた土の中から何かの欠片を拾って、江川へ投げた。

「むろんわたしはいったことはありませんが、田宮さんと高家という方は、沼吉の賭場でよく遊んでいたみたいですから。たぶん、二人は博打仲間です」

そいつだ。

宮三の勘がひりひりと脳裡を走った。

七

その夜龍平は、高田を《桔梗》へ誘った。

音羽町と左内町の境の小路に軒行燈《のきあんどん》を提げた京風小料理屋・桔梗店奥の三畳間に、龍平、宮三、寛一、そして高田が銘々の膳を囲んで向き合った。

一同の関心は、阿部伝一郎誘拐《かどわか》しが銀吹き職人茂七一家にかかわる者の復讐、仇討ちではないかと言う高田の推量と、茂七の残された娘らを引きとった高家清六と田楽橋で落命した田宮伊織の繋《つな》がりに集まった。

「高田さんの推量が、合っていたとしたら……」

と宮三が言った。

「茂七の娘を引きとった高家清六という侍が、娘らの親の仇討ちの企《たくら》みに手を貸した。高家清六は、その企みに昔の博打仲間だった田宮伊織に助《すけ》っ人《と》を頼んだ、ということは考えられます」

「伊兵衛は、物乞いの熊造に頭が決めると言っていたそうだから、高家が一味の首領かもしれない」

「伝一郎の屋根船に押し入り藁莫蓙へくるんで運びだしたのが二人、それから猪牙の櫓をにぎっていた者がひとり。都合三人……」

宮三が龍平の盃《さかずき》へ熱燗《あつかん》の銚子を差した。

「もうひとりいる。高家が引きとった娘はお銀とお染の二人。少なくとも四人はいる。推量にすぎんが」

龍平は盃を舐めた。

あの春の雪の日、鐘ヶ淵の百姓のじいさんが、大川に繋がる鐘ヶ淵の水草の間に浮かんでいた猪牙の船頭の、竿を握る白くて細い指を見ていた。

じいさんの言葉が、今になって龍平の考えをゆさぶった。

龍平は、胸の中が急に重くなるのを覚えた。

「母親の名がお参……お銀が母親代わりのお参ですか」

宮三は、ふうむ、とうなった。

「何もかも推量でしかねえが、お参、染之介の女義太夫、姉妹の師匠の波野黒雲、三人が高田さんの探す茂七一家とかかわりある者、なんですか？」

「ともかく親分、明日、仙台堀の貸元から高家清六の話を訊く必要がある」

そのとき高田が、ためらいがちに言った。

「日暮さま、お訊ねしたいことがあります」

若い寛一と高田は、呑み気よりも食い気で、三つ葉と蛤《はまぐり》のむき身の椀と膾《なます》、鮑《あわび》とぜんまいを盛り合わせた煮物、干鱈《ほしだら》の焼魚を平らげていた。

さきほど、銚子を替えにきたお諏訪が二人の空になった椀や皿を見て、

「まあ、お腹空いてたのね。あなたがたには何か持ってくるわ」

と、おかしそうに言った。

「腹に溜《た》まるてんぷら、みたいなのがいいだろう」

龍平はお諏訪に頼んでいた。

お諏訪がさがった後、高田は手酌で盃を重ねていた。

侍は作法として手酌で呑む。

だから高田は、差しつ差されつという町人の作法に馴れていない。

その高田の盃が、ことん、と膳に鳴った。

「もし、茂七の子のお銀とお染が女義太夫楓参、染之介で、娘らを引きとった高家清六が黒雲亭の波野黒雲となったなら、どうなさるおつもりですか」

宮三が腕を組んだ。

「伝一郎さまをさらった一味が茂七一家にかかわる者らで、十二年前の親の仇討ち、復讐を企み、それが楓姉妹と黒雲だったとしたらどうなさるのですか」

高田は唇を一文字に結んだ。

「銀吹き職人茂七は無実の罪で死罪になった。女房のお参は、乱心とされ手討ちになり、娘らは両親を無残に殺されたのです。二人を殺したのは、わが主勘解由さま、槙原さま、銀座屋敷見張座人吉右衛門さん……」

高田はうな垂れ、声が凋《しぼ》んだ。しかし、

「幼い娘らは江戸を去らねばならなかった。あまりにもひどい。わたしの父は母親のお参の亡骸を、あの娘らの元へ運ぶ役目をしていたのです」

「高田さん、楓姉妹と波野黒雲は、厨子丸という旅芸人の一座とともに、関八州《かんはっしゅう》を廻っていたそうですよ」

それは寛一が言った。

「わたしは伝一郎さまのお供で楓姉妹の高座を何度か観《み》ております。姉妹の浄瑠璃《じょうるり》はせつなかった。見事だった。当然ですよね。姉妹はあんなに堪えがたいつらい過去を背負って生きながら、芸の修業を積んできたんですから」

「けど、復讐、仇討ちはまだ終わっていないんでしょう。吉右衛門が殺され、次に高田さんの主と上役が娘らの親の仇なんでしょう」

寛一が言葉をかぶせた。

「きっとそうです。伝一郎さまを廻る談合のさ中、仲間の田宮伊織が討たれたから、娘らは強硬な手に出たんです。きっと、談合にそむいたのはわが……」

「高田さん、田楽橋の一件は仕方なかった。旦那《だんな》も、あっしらもね」

宮三が抑えた口ぶりで言った。

高田は黙りこんだ。

十二年前のある冬の昼さがり、高家清六に背負われたお染と手を引かれたお銀が、亀戸村の田んぼ道を北を目指し旅に出る光景が、目に浮かんだ。

たんと、痛いで、ござんしょの……

近松の浄瑠璃の語りが脳裡をかすめた。

「高田さん、わたしは町方の務めを果たすのみです。そうとしか言えない」

龍平が沈黙の後、言った。

「あなたはどうするんですか。あなたも主に仕える侍だ。茂七一家にかかわりある者を捜し出せと、命じられたのでしょう」

「わたしはわからない。どうしていいかわからないのです。教えてください。侍の、しがない足軽侍のわたしは、どうしたらいいのですか」

高田は昂ぶる気持ちを吐き出した。

「それは高田さんが決めることです。足軽も大名も同じ侍です。侍のなすべきことをなしてください。わたしも、そうする」

龍平は盃を呷った。

「失礼します」

襖が開いて、お諏訪が揚げたての香ばしいてんぷらを運んできた。

桔梗の亭主吉弥の揚げる鯛《たい》のてんぷらは、胡麻《ごま》油を使い、隠し味に味噌を入れる。その胡麻油と味噌の匂いが、部屋をふわりと包んだ。

八

沼吉の賭場には目をつむる。

宮三が念を押した。

龍平に異存はなかった。

そのため今日も定服ではなく、昨日と同じ着流しに菅笠の拵えにした。

貸元の沼吉は黄八丈《きはちじょう》に太縞の半纏を羽織り、顎《あご》の長い馬面《うまづら》に肩幅の広い背中を丸めた恰好《かっこう》が、裏街道暮らしの年輪をしのばせる老爺《ろうや》だった。

「これは梅宮の宮三さん、いつもお世話になっておりやす。こちらがお役人さまでございやすか。このようなあばら家に、恐れ入りやす」

沼吉は、歳を感じさせぬ凄《すご》みのある声を響かせた。

胡坐《あぐら》をかいたそばの重そうな金箱が、黒光を放っていた。

仙台堀伊勢崎町の路地裏の空家である。

宮三と沼吉は、昔からつき合いがあった。

両開きの襖を閉じた隣の部屋より、この昼日中、中盆《なかぼん》の「張った張った」の声や客の賭《か》けた駒札《こまふだ》を集める音が、かちゃかちゃと聞こえてくる。

龍平の後ろには、寛一と「わたしも」と今日も従う高田兆次郎が控えた。

若い衆が、「どうぞ」と茶碗をそれぞれの膝元に置いた。

「高家清六ねえ。懐かしい名前をうかがいやすな。もう十二、三年になりやしょう。深川からぷっつり姿を消して、今ごろはどこぞの旅の空。生きていれば五十七、八。いいじいさんでさあね」

沼吉は長脇差《ながわきざし》ほどもありそうな長煙管を吹かした。

「あっしより七つばかし下の、度胸の据わった気持ちのいい男でね。ここへ出入りし始めたのがそろそろ四十に手の届くころだったが、侍なんぞ捨てちまって、脇差一本でうちで働かねえかいと、誘ったもんでやした」

沼吉によると、高家清六は常州笠間《かさま》藩の江戸勤番侍だった。

三十代の初めころ、藩邸内の公金横領と家督争いの内紛に巻きこまれた果てに侍勤めがいやになり、禄を捨て国を捨てて、江戸住まいを始めた。

「北森下町の裏店住まいでやした。仕事は主に、用心棒と助っ人稼業で。形《なり》がでかくてちょいと崩れた二本差しなもんだから、やっかいな談合の場にいると、向こうが先に恐れをなしやがる。ぐふふふ……」

高家清六は、腕で稼いだ金を、酒と博打に使い果たす日々を送っていた。

富ヶ岡八幡さまの女郎衆に人気があったが、高家清六は、女遊びよりも酒呑み仲間や博打仲間とのつき合いを好んだ。

遊びの合間に、鉄火《てっか》な深川やくざの談合や出入り場などに助っ人にかり出され、命知らずな働きもする。

「それでいながら、さっぱりと粋《いき》な男でね……」

と、沼吉は鋭い目をゆるめた。

ふる舞いが清々《すがすが》しく、深川の芸者相手に玄人裸足《くろうとはだし》の三味線弾いて、豊後《ぶんご》、長唄、荻江節《おぎえぶし》、何をやらせても見事だった。

「茶碗酒で喉《のど》湿らせつつ、端唄《はうた》なんぞを、あっしらやくざに即興で聞かせたりもしやした。そう、浄瑠璃を語らせても、上手《うま》かったなあ。あっしは、あの男の浄瑠璃を聞くと、年甲斐《としがい》もなく泣けちまったんで」

沼吉は、ありゃあ男の中の男だったと、顔をほころばせた。

「この賭場を、あいつにならせられたのに……」

「江戸を出たのは、北森下町の茂七一家の残された娘らを引きとって、三人で暮らすためと聞きやしたが、貸元はご存じでしたか」

宮三が訊いた。

「相談を受けたわけじゃねえが、後《のち》に風の噂で知りやした。茂七一家の一件はひどい出来事だった。茂七は生一本な職人だった。それがあんな罪を着せられて死罪にまでなった。あっしらやくざの間でも評判でやした」

「女房が乱心で手討ちになり、幼い娘二人が残されました」

「あそこまでの悪さは、裏街道のやくざでもしねえ。真っ当を装ってる連中ほど、悪さをやるときは性質《たち》が悪い」

「用心棒稼業に助っ人稼業、博打に酒、女郎買いの遊蕩三昧《ざんまい》の、高家清六がなんでまた茂七の娘らを引きとったと？」

「北森下町で高家清六と茂七一家は、近所づき合いがあったそうで。高家清六は誰にでも好かれる男で、茂七は歳はひと廻り以上も下だが、高家清六の親しい呑み仲間だったと聞きやした」

沼吉は薄日の差す路地の障子へ目を遊ばせた。

「さっきも言ったように、あの男は呑み仲間や博打仲間のつき合いを好んだ。だから仲間が困ってたら、ひと肌脱がずにはいられねえ男だった」

それから沼吉は、黄八丈の膝を皺だらけの手で、ぽんと打った。

「茂七夫婦があんなことになって、あの男は黙って見ちゃあいられなかったんでしょう。四十も半ば、呑み仲間の残した娘らのために、残りの命を費やしても惜《お》しくねえと考えた。あの男の考えそうなことだ」

「高家清六が江戸を離れるころ、貸元に言ったことで、何か覚えていらっしゃることは、ありませんか」

「もう十何年も昔のことだしよ……」

沼吉は、そうそう、と思い出し笑いをした。

「もう歳だから、きった張ったの物騒な助っ人稼業は止《よ》して、浄瑠璃語りの門付《かどづ》け芸でもしながらのんびり諸国廻りでもするかなと、戯《ざ》れ言《ごと》みてえに言っておりやした」

張った張った、という中盆の声や、丁、半、と客の声が聞こえている。

「爺《じじい》の門付け芸なんぞ、誰も銭を投げるもんかとからかうと、おれではだめか、と笑っておりやした。そののち、ぷいと深川界隈《かいわい》から姿を消しちまったんで、芸人の話は、案外、本気だったのかなと思いやしたが」

「高家清六は、茂七の娘らを引きとって、諸国を廻る旅芸人の一座に加わったかもしれねえんです。何かご存じじゃあ」

「風の噂でそんな話も聞いたことはありやす。嘘《うそ》かまことかは別だが」

「その旅芸人の一座は厨子丸一座、高家清六の芸名は波野黒雲、と風の噂に聞いちゃあ、おりませんか」

沼吉は顔を左右にゆっくり振った。

「あの男のことだから、そのうち気が向いて、あっしが生きてるうちに深川へ戻ってきたら、きっと、面白え旅の話をしに顔を出すでしょう」

あの男のことだから、と沼吉は目を細めて繰りかえした。

龍平は、波野黒雲に違いない、黒雲にしかできない、という気がした。

「貸元」

龍平は訊いた。

「高家清六の博打仲間に、元御家人の田宮伊織という侍がいた。田宮は高家とこの賭場でもよく博打を打っていたと聞いたが」

「へえ、田宮伊織と高家清六は博打仲間でやした。田宮も博打に酒、廓《くるわ》通いに目がなかった。けど、どっちかと言やあ高家が田宮の金の不始末やらの面倒を見ている兄貴分だった。田宮は人はいいが、ちょいと金にだらしがなかった」

「田宮伊織がこの賭場に、最後にきたのはいつごろで」

「三年ほど前でしたかな。ただ田宮は、高家がいなくなってからは本所あたりの破落戸《ごろつき》らと、相当あぶねえつき合いをしていると評判でやした。もっともこっちも、いつお上のお縄を頂戴するかわからねえ身でやすが」

　沼吉は、がらがらと喉を鳴らして笑った。

「田宮伊織が死んだことは？」

「むろん、知っておりやす。北町のお役人さまに本所で成敗されたとか、何をしたかにをしたと、噂はいろいろ入ってくるもんでさあ」

「三年前、高家清六が江戸へ戻ってきた。高家は田宮とおよそ十年ぶりに会った。お互いまだ生きていたな、などと言いながらかもしれぬ。しかし高家は江戸である仕事を果たすために戻ってきた」

「ほう、さようで？」

「ご政道にそむく仕事だ。高家はその仕事の仲間に田宮を誘った。手を貸してほしいとな。田宮にとっては古い仲間の頼みごとだった」

　沼吉は意味ありげに龍平を見、馬面ののっぺりした頬をふるわせた。

「田宮は昔の仲間の意気に感じた。もういい歳だ。何十年もの無頼の暮らしを仕舞うのに、相応《ふさわ》しい仕事だと思った。己の死にどころだと思った。田宮が頼みに応じた。貸元、そんな噂を知らないか」

龍平は、田楽橋での伊兵衛のこと、田宮伊織の最後の様子を思い描いていた。

「それで最後にきたのが三年前だと？　まるで狂言の筋書きのようなことを、仰いやすな」

沼吉は龍平から宮三へ顔を廻した。

「貸元、旅芸人の波野黒雲は三年前から江戸におります。波野黒雲が高家清六じゃあ、ねえんですかい」

宮三が言った。

沼吉は長煙管に火をつけた。

「宮三さん、そいつあ、人違《ひとちげ》えだ。その波野黒雲という芸人が高家清六なら、この賭場に、あっしに挨拶《あいさつ》にこねえはずがねえんです。あの男は、そんな義理を欠かす男じゃねえ。もしあの男が三年前から江戸に戻っていたとして……」

ふう、と薄い煙を吹かし、言った。

「今日まで顔を見せねえのだったら、あの男なりの深《ふけ》え考えがあってのことに違いねえんだ。あの男が考えてのことなら仕方ねえ」

「おお――」

隣の部屋の盆茣蓙で、客らの喚声《かんせい》があがった。

「何しろあの男は、己のことなんざあ、これっぽっちも惜しいと思っちゃいねえ、そんな男なんでやすから」

九

夕刻、龍平は奉行所へ足どりも重く戻った。

昨日と今日の調べで、阿部伝一郎を春の雪の舞う隅田川でさらった一味は、ほぼ明らかになったと言っていい。

龍平のとるべき手だては、二つあった。

伝一郎救い出しは、年番方《ねんばんかた》筆頭与力の福澤兼弘より隠密に命ぜられた。

当然、一味を捕縛するための探索も役目となり、龍平はそれを果たしてきた。

一件の沙汰《さた》を福澤に伝え、福澤の判断を仰ぐことがひとつ。

福澤はお奉行に言上し、お奉行が命をくだすだろう。

もうひとつは、できるだけ手先を集め、一気に黒雲亭を囲み、黒雲、お参、染之介を捕縛し、身体に問うてでも洗い浚《ざら》い白状させる。

定町廻《じょうまち》り方なら、そうする。
それが手柄になるのだ。
だが龍平は、そのどちらの手だてもとらなかった。
八丁堀の組屋敷へ戻り夕餉《ゆうげ》をすませると、書斎部屋の文机に向かった。
龍平は、事の委細を夜更けまでかけて書き連ねた。
この書状を、明日、福澤兼弘に提出してお奉行の命を待つ。
今日ではなく明日――それが龍平のとった判断だった。
そしてその前に、龍平はもうひとつ密かに決めたことがあった。
龍平は、さらさらと短い文を一筆にしたためた。

かりそめのかえでの宿も今宵かぎり
明日なき旅路こそ芸の道なれ
人の道なれ

龍平は折り封にして裏に《〆》を記し、布きれに包んだ。
下男の松助を起こし手紙を託《ことづ》けたときは、すでに子《ね》の刻《こく》（午前零時頃《れい》）になっていた。

「このような夜更けにすまぬ。神田豊島町の藁店はわかるか」

へえ、と松助は頷いた。

「藁店に黒雲亭という寄席《よせ》がある。そこの亭主の波野黒雲にこの文を手渡すのだ。必ず本人に手渡し、その場で読んだことを確かめよ。誰からと訊ねられたら、委細承知の者より、それでわかると言われたと応えよ」

松助は龍平の言葉を、口の中でぶつぶつと繰りかえした。

「急いでいる。おまえの帰りを待っているから、首尾を知らせてくれ」

「承知いたしました」

と、松助が手紙を懐へ仕舞い、提灯に灯を入れたときだった。

表戸を高く叩《たた》く音が台所の板敷に轟《とどろ》いた。

龍平は自ら表土間へ立って、「どなたで」と声をかけた。すると、

「寛一です。おやじからの急ぎの伝言を、お伝えにあがりました」

寛一の切迫した声が聞こえた。

その夕刻、駿河台下に表門を構える阿部家屋敷の門脇の足軽部屋へ戻った高田

兆次郎は、丸行灯《まるあんどん》に灯も入れず、飯も食わず、夕闇に包まれていく四畳半にぐったりと胡坐をかいていた。

高田は繰りかえし溜息《ためいき》をついた。

腹の底へ鉄の塊《かたまり》を落としたように、心が重かった。

部屋は暗く、狭く、寂《さ》びれていた。

この暗く狭い部屋で高田は生まれ、父母と三人で暮らし、阿部家の足軽勤めの父の後を継いで足軽に雇われた。

口数が少なく凡庸《ぼんよう》な父親と、元は阿部家の端女で美しくもない母親の葬儀を執り行なったのも、この部屋だった。

父親は五十一歳で亡くなった。

老いさらばえる年ではなかった。

けれど、五十をすぎた父親は老いて見え、十八歳になった高田に足軽の勤めを譲った後、部屋の片隅で一日中ぼんやりして二年ほどをすごし、やがて秋の虫のように動かなくなって凡庸な生涯を終えた。

高田は、これから三十年がたって、己の葬儀も、やはり足軽勤めの倅がこの部屋で執り行なうのだろうかと、思った。

虫のように動かなくなった父親の姿は、間違いなく高田の、およそ三十年後の姿に違いなかった。

高田は竈《かまど》のある土間へ、だらだらとおりた。

水瓶《みずがめ》から冷たい水を柄杓《ひしやく》にくみ、喉を鳴らした。

「高田さん、明日まで、ときがほしい」

川向こうから新大橋を渡る途中、日暮龍平が言った。

明日まで、事の委細を伏せてくれ、という意味にとれた。

だが、そうすることにどれほどの意味と違いがあるのか、高田にはわからなかった。

日暮龍平に従ってこの二日の間に見聞きした記憶が、ふくらんでは消えるしゃぼん玉のようにゆらめいた。

阿部伝一郎を雪の隅田川でさらった一味は、もはや明らかだった。

一味は、吉右衛門を鎌倉河岸で追剝に見せかけ襲った。

それも、疑いはない。

遅かれ早かれ、調べの沙汰を問われるだろう。

高田は、何やら堪《たま》らなくやりきれない思いにふさがれた。

柄杓をからんと置いた。

そのとき、若党の隼人《はやと》の声が戸の外でした。

「高田さん、旦那さまがお呼びです。高田さん」

隼人が障子戸を一尺（約三〇センチ）ほど開け、早く、という目配せを寄越した。

「承知した。すぐおうかがいする」

高田より五つ年上の隼人は、伝一郎がさらわれて以来、高田の落ち度と、露骨に非難する目つきで高田を見るようになった。

高田を責めることが、主への忠勤と言わんばかりだった。

伝一郎さまの従僕は、今後わたくしにお任せくださいい、という素ぶりだ。

高田は玄関脇の庭の枝折戸《しおりど》から、主勘解由の居室のある中庭へ廻った。

屋敷内で用を命ぜられるときは、勘解由は縁廊下《えんろうか》に出、高田はたいてい庭で片膝をついて受ける。

隼人が愚鈍な顔をして、ついてきた。

すぐに、腹の出た大柄な勘解由と用人の槇原が縁廊下に出てきた。

勘解由は袷の小袖の着流しだったが、槇原は羽織袴に手燭《てしょく》を持っていた。

槙原が隼人に、さがれと命じた。

中庭は暮れなずみ、手燭の明かりだけでは主の顔つきはよく見えなかった。

「高田、ご苦労。で、どうであった。何かわかったか」

勘解由が、身体つきとは違う高く細い声で言った。

「はっ。茂七一家の十二年前住んでおりました本所北森下町の、裏店などにあたり、鋭意、探っております。明らかになり次第ご報告いたします」

「今わかっているのは、どのようなことだ。それを申せ」

「はっ。茂七一家に残されました娘、お銀お染が母方の縁者の亀戸村百姓梨吉に引きとられ、その後、娘らは売られ、行方は知れなくなっておりました」

「売られた？　娘らの行方はわからんのか」

「はっ。確かなことはまだ、何も」

「何も？」

と槙原が冷めた口調で訊きかえした。

「おぬし、昨日朝から出かけ、夜更けに戻ってきたな。酒を呑んでいたそうではないか。今朝も早く出た。それでわかったことは、たったそれだけか」

高田は、全身に冷汗が噴くのを覚えた。

「はい、な、何分、ときがたっておりますため、た、確かなことがなかなかつかめず、難渋いたして、お、おります」

高田は生唾《なまつば》を飲みこんだ。

勘解由と槇原の沈黙が、垂れた高田の頭を押さえつけた。

槇原は高田の様子に、何かを感じたらしかった。

「酒のことはよい。確かなことでなくとも、おぬしが推量したことでよいから旦那さまにお話し申せ」

高田は目を閉じ、歯を食い縛った。

息が荒くなった。

「些細《ささい》なことでもよいのだ。おぬしの報告が役にたてば手柄だ。褒美がもらえる。お給金も旦那さまはお考えくださる」

胸の動悸《どうき》が激しく打った。

「旦那さまが日ごろ厳しく言われるのは、おぬしに見こみがあると思っていらっしゃるからなのだ。侍ならば主のために務め、手柄をたてよ」

高田の意志は挫《くじ》けそうだった。

槇原の冷めた口調や主の見おろす眼光に、高田は怯《おび》えた。

無言の圧力に怖気《おじけ》づいた。

高田は、気の弱い男だった。

気の弱さとはそういうものだ。

褒美や給金に動かされるのではない。

誰か励ます者がそばについていれば、もっと強い心を持てたが。

十

一刻後、高田は槇原の命で牛込《うしごめ》の小人目付岡儀八郎に手紙を届け、その足で小《こ》石川《いしかわ》の直心影流《じきしんかげりゅう》道場の道場主三谷久五郎《みたにきゅうごろう》にも槇原の手紙を届け、それから夜道に重い心を引きずりつつ戻ってきたのだった。

その半刻後、足軽部屋でそろそろ寝るかとぼんやりしていると、三谷久五郎を先頭に、都合八人の恰幅《かっぷく》のいい侍が、羽織袴で門脇の潜戸を勝手知ったふうに入ってきた。

侍らは案内も乞わず、静かな足音が不気味だった。

八人は無言のまま玄関をあがり、奥へ消えていった。

ほどなく、高田は槇原に台所へ呼ばれた。

下男下女、端女、若党の隼人もおらず、槇原が広い板敷に立っていた。

槇原は、身震いを覚える冷めた口調で、高田に言った。

「客が見えている。内証の用のためみなさがらせた。おぬしが世話をいたせ」

はっ——と高田は舞いねずみのように、客の酒の用意にかかった。

酒を燗にし、皿や盆、箸《はし》を揃え、肴を手早く調《ととの》えた。

それらを配膳の角盆に乗せ、客間の廊下へ運んだ。

失礼します、と声をかけようとしたときだった。

主勘解由の絡みつく糸のような声が、襖の奥から聞こえた。

「町奉行所にはご老中から話をつけてもらえる段どりはつけた。一切《いっさい》、気兼ねはいらん。速やかに事を運べ」

「町役人や、万が一廻り方などに咎《とが》められれば、勘定所の御用を仰せつかった者と言われるがよい。勘定所には話がついている」

それは槇原の声が言った。

「神田藁店の黒雲亭と裏の店ですな。波野黒雲というじいさんがひとりと、女義太夫の楓姉妹……」

「当家の足軽が探ってまいったところでは、黒雲が寄席の方に、姉妹は裏の店に寝ているそうだ」

「楓姉妹は今評判の、別嬪《べっぴん》の女義太夫ですよ」

「別嬪か。それは惜しいな」

「おぬしは別嬪に弱いからな」

男たちの笑い声が低く響いた。

「別嬪だからと言って、手をゆるめてはならんぞ。ほんのわずかな手抜かりが命とりになる」

槇原の冷めた声が笑いを制した。

「心得ております。ご安心あれ。遅くとも八ツ半（午前三時頃）には戻っておりましょう」

「女二人は難しくはないだろうが、黒雲という老人は若いころは用心棒やら助っ人稼業をしておったそうだ。侮《あなど》るな」

「実戦に馴れておるということですな。だとしても、六十近い相手です。さほどときはかかりますまい」

「ともかく殲滅《せんめつ》せよ。十二年前の遺恨などと、愚か者めらが。われらに歯向かったことを後悔させてやれ」

後悔——と言った後、槇原藤次は高田が酒の用意にずいぶん手間どっていることに気づいた。

「酒が遅い。見てまいる」

槇原が座を立ち、廊下の襖を開けると、燗をした酒の徳利と肴の皿や盃を重ねた角盆が廊下に置いたままになっていた。

徳利はやわらかい湯気をたてていた。

「なんだ、用意はできておるのか」

廊下を見渡しても、暗がりに高田の気配はなかった。

「高田ぁ」

呼びかけて、そうか、あの男、気を利かせたか、と思った。

襖越しに話を聞いてあの男なりに読み、聞いてはいないことにしたのだな。

他愛《たわい》もない、薬が効きすぎたか、と槇原は鼻で笑った。

そのとき槇原は、普段の猜疑心《さいぎしん》の強い用心深さを失っていた。

槇原は、それ以上、考えを廻らさなかった。

半刻後、高田兆次郎は神田竪大工町の人宿・梅宮の表の板戸を叩いていた。暗い町地をさ迷い、ようやく見つけた梅宮だった。

「宮三さん、寛一さん、高田です。宮三さん、寛一さん、お頼みします」

高田は板戸を叩きながら、声を張りあげた。

寛一はまだ起きていて、潜戸から表の小路へ顔を出し、

「高田さん、今ごろ、どうしました」

と訝《いぶか》ると、高田は寛一の肩を激しくつかんだ。

「寛一さん、大変なんです。黒雲亭が、楓姉妹が襲われます」

「襲われる？」

寛一が驚いた。

高田は喚《わめ》き、界隈《かいわい》の犬が次々に吠《ほ》え始めた。

「高田さん、そりゃあいったい、どういうこと……」

言いかけた寛一の後ろから、店の板間に出てきた宮三が、

「寛一、高田さんに入《へ》えってもらえ」

と低い声をかけた。

店へ入った高田に、寛一が湯呑みに水をくんできた。

高田はひと息に飲み、荒い息をついた。

「で、何があった。高田さん、最初から話してくだせえ」

宮三が落ちついて訊いた。

「はい、じつは夕刻、主の勘解由さまに呼ばれ……」

高田は、夕刻、屋敷へ戻ってからのことを順々に語っていった。

宮三も寛一も、ひと言も口を挟まなかった。

行灯ひとつを灯《とも》した人気のない店の板間に、高田の声だけが続いた。

話し終えると高田は、板間へ手をばたんとついた。

「ああ、わたしはえらいことをしてしまった」

そう言って、力なく頭を垂れた。

「父と同じだ。わたしもひどい仕打ちの手助けをしてしまうことになる。高家清六さんと娘らが斬られる」

高田は頭をあげ、声をふるわせた。

「宮三さん、寛一さん、手を貸していただきたい。わたしはこれから黒雲亭へ知らせにいかなければなりません。相手は屈強な侍が八人です。もっとくるかもしれない。わたしには三人を守れない」

ふるえ声が引きつった。

「どうか日暮さまに、このことを、知らせていただきたいのです。わたしは刺客《しかく》がくる前に三人を逃がすつもりだと。わたしは、伝一郎さまをさらった賊を逃がすのです。町方の日暮さまには申しわけないが、許してほしいと」

あぁ、もういかなければ、と高田は身体を起こした。

「落ちつきなせえ、高田さん」

宮三のどすの利いた声が高田をなだめた。

「話はわかった。あっしも手伝いましょう。寛一、おれはこれから高田さんと一緒に黒雲亭へいく。おめえはこのことを今すぐ旦那にお知らせし、旦那の指図に従え」

「わかった、お父《と》っつあん。けど、それでいいのか。旦那だって町方だぜ。連中の息は町方にもかかってんだろう」

「心配すんな。旦那は町方でも、そんじょそこらの町方じゃねえ。連中の汚ねえ手口に恐れをなして尻尾《しっぽ》を巻くような、そんな旦那だと思うか」

「そうだ。そうだったな。よし、おらあいくぜ」

言い終わらぬうちに寛一は、ひらりと身体を翻《ひるがえ》した。
疾風《はやて》のように梅宮を飛び出て、若く敏捷《びんしょう》な足音を夜更けの巷に響かせた。

十一

波野黒雲は、人の駆ける足音に気づいて布団から上体を起こした。
胸騒ぎがした。
これまでとは違う、何かが迫っている、そんな予感が働いた。
伊織、おまえもこうだったたか。
心の中で問いかけた。
行灯を灯し、布団を手早く片づけた。
すると表の板戸が、こんこん……と静かに鳴った。
黒雲は落ち土間の台所の包丁をつかんだ。
「どちらさまで、ございましょうか」
黒雲は表戸の脇まで足を忍ばせ、問うた。
「波野黒雲さん、昨日、北御番所の日暮さまとうかがいました高田兆次郎と申します。今宵は町方の御用でまいったのではありません。黒雲さんに、いや、高家清六さんとお銀さんお染さんに伝えなければならないことがあって、まいったのです」

黒雲は応えなかった。

高家清六、とその名で呼ぶ者が、遠からず現れることは承知してはいた。後悔など、ありはしない。けれど……

ふふん、と黒雲は小さく笑った。

「高家さん、開けてください。ときが惜しい。討手《うって》がきます」

「波野さん、宮三と申しやす。日暮の旦那の手先を務めております。けど今宵は旦那に命じられた務めではありません。てめえの判断で高田さんと一緒にうかがいました。波野さん、楓姉妹を連れてお逃げなせえ」

と宮三が声をひそめて言った。

「はばかりながら、この宮三、みなさんのお手伝いをいたします」

そこへ、高座のわきの潜戸がことことと開き、お銀とお染が現れた。

姉妹はもう小袖を着ている。

お銀とお染も、黒雲亭から聞こえる気配に不穏な何かを察したのだろう。

むろん、姉妹の白い顔に怯えなどなかった。覚悟が見えた。ほっそりとした二つの姿は、薄明かりをたじろがせる艶《あで》やかさだ。

「師匠」

お銀が言った。

「心配はいらぬ」

黒雲は、姉妹に頷きかけた。

それから包丁の柄をぎゅっと握り締《し》めた。

「ただ今」

左手で障子戸を開け、たてた板戸の閂《かんぬき》をはずした。

昨日きた高田兆次郎という小柄な侍と、細縞の半纏に股引《ももひき》の上背のある年配の男が潜戸を入ってきた。

宮三と名乗った男が、黒雲に会釈を投げた。

いい面がまえだと、黒雲は思った。

高田と宮三は、黒雲亭の客席になる二間続きの部屋に佇むお銀とお染の艶姿を見あげ、戸惑いがちに頭をさげた。

「あがってください」

黒雲は二人に背を見せて先にあがり、姉妹にそばへくるよう目配せした。

高座を背に、黒雲と後ろに姉妹が座り、高田と宮三が並んで竈や棚のある台所を背に三人と対座した。

「阿部家から刺客が放たれます。今夜、黒雲亭を襲いみなさんを斬るためにです。すぐ、すぐ逃げてください」

と高田は懸命に言い始めた。


およそ四半刻がたった。

高田が一部始終を語り終えたときは、間もなく九ツ（午前零《れい》時頃）だった。

両者の間で角行灯が、細く薄く、明かりを灯していた。

犬の遠吠えが聞こえた。

「わかりました。高田さん、本当によく知らせてくれました。ありがとう。礼を言います」

黒雲がごま塩のいがぐり頭を大きな手でなでながら、言った。

姉妹は互いを励ますため、白い手をしっかりと握り合っていた。

「仰るとおり、わたしの名は高家清六、常州は笠間の浪人です」

と、黒雲は続けた。

「二人は銀吹き職人茂七と女房参の娘で、姉のお銀、そして妹のお染です」

姉妹は宮三と高田へ手をついた。

「ありがとうございました」

姉妹の声が、唄うようにそろった。

可憐《かれん》な姿だった。

「わたしは老いぼれ。十二年前、二人を引きとったときから、わたしの命は二人のもんだった。後悔はありません。ただときがきた。ときはいつでも必ずやってきます。それだけです。宮三さん、そうじゃありませんか」

黒雲は宮三に笑いかけた。

「まことに。ときはきて、そして去っていきます」

「お二人のご厚意、ありがたく、頂戴《ちょうだい》いたします」

黒雲は楓姉妹へ見かえり、険しい口調に転じた。

「お銀お染、すぐ旅支度をしろ。持っていくのは身の廻りの物と金だけだ。余計な物は全部捨てて身軽にな。おれはここに残り、討手を食い止める」

「えっ、師匠、何を言うの。師匠がここに残るならわたしらも残ります。わたしらの親の仇討ちに師匠をまきこんだのは、わたしらなのだもの」

お銀が目を見張って言った。

「わたしも、残る。わたしらはどこまでも師匠と一緒に」

お染が強く頷いた。

黒雲はその大きく長い両腕で、姉妹を抱き寄せた。

「お銀お染、楽しい日々だった。ありがとうよ」

黒雲は呻くように言った。

「おまえたちは、おれの宝だ」

それから二人を放し、肩に手を置いて怒りをこめて言った。

「これは師匠のおれの命令だ。四の五の言うな。ぐずぐずしている暇はない。おまえたちに、おれの気持ちはわかっているはずだ」

黒雲は台所の土間へおり、床下から油紙に包んだ大刀と二握りほどの布包をとり出した。

それを両手に携え、今度は高田の前にどっかと坐った。

「高田さん、あんたの心情はよくわかった。あんたは、信頼できる男だ。あんたに頼みたいことがある。この金は、この十二年の間に、おれが蓄えた全部だ。阿部家からは一文の金もとれなかったが、そんなことはどうでもいい」

これを、あんたに預かってもらいたい——と黒雲が高田を睨んだ。

黒雲の置いた袋が、粗末な琉球畳に重たげに鳴った。

高田は上体を引いた。

「心配するな。姉妹には芸で稼いだ金がある。これを持って今すぐ、姉妹とともに旅に出てくれぬか。もう阿部家には戻れないだろう。だが、あんたは充分若い。姉妹とともに生き直し、姉妹の力になってやってほしいのだ」

高田は言葉を失っていた。

「仇討ちがすんだら、おれは姉妹を連れて京へのぼり、この金で姉妹のために立派な寄席をかまえ、隠居暮らしをするつもりだった。高田さん、おれの代わりにそれをやってみないか。これまでとは違う生き方を、してみないか」

高田は、うろたえ、戸惑い、混乱していた。

え、で、でも……

「わたしは、わたしは、命など惜しくない」

高田は怯えを押さえ、懸命に応えた。

「ここに残って、討手を、わたしが、ふ、防ぎます。これは、武士の、一分《いちぶん》ですから。侍なら、当然……」

「高田さん、その気持ちだけで充分だ。だがな、どう死ぬかではなく、どう生きるかを考えるんだ。この金は、あんたの思うように使っていい。この金で生まれ変わって生き直すのだよ」

黒雲が声を励ました。

高田は大きく踏み出してしまい、突然大きな決断を迫られていた。

恐れる必要はない。迷うことなどない。ここまできた高田に、もう戻る道など、ありはしない。

だが、高田の痩せた小柄な身体はふるえていた。

「宮三さん、こういうことです。あんたなら、わかってくれるだろう。黒雲亭は波野黒雲ひとりの仕きり場なんです。どうか若い者らを、江戸の外まで出してやってください。若い者らが生きるのに、手を貸してやってください」

「合点、承知いたしました」

宮三は、ゆっくり、深く、頷いた。

そうして……

静かに夜のときがすぎた。

明かりの消えた黒雲亭の二間続きの奥の高座に、黒雲ひとりが胡坐をかき、茶碗酒を呑んでいた。

この畳一枚分の高座なら、表戸と高座脇の潜戸の両方に備えられる。

向こう鉢巻《はちまき》に江戸小紋の小袖に襷《たすき》をかけて袖を絞り、裾を端折って、足には乱闘のさ中、血糊《ちのり》で足が滑らぬよう皮足袋をつけていた。

黒雲の目は暗闇に馴れ、徳利からついだ酒が茶碗で旨そうにゆらめいた。

闇の中に淡く芳香が漂った。

黒雲は冷たい酒を口一杯に含んだ。

左手に美濃関鍛冶七流《みのせきかじしちりゅう》の見事な黒鞘をつかみ、口の前に柄《つか》をかざした。

そして、ぷうっ、と飛沫《しぶき》を吹き、柄を充分に湿らせた。

先に開いたのは、高座わきの潜戸だった。

弦月か、星明かりか、板戸の隙間《すきま》から外の細い明かりが差している。

潜戸から黒い影が二つ、三つと、足音を忍ばせ入ってくる。

足音は、高座に胡坐をかいている黒雲の影を見つけたのか、止まった。

抑えた息遣いが、野犬の群れを思わせた。

うう、ううぅ、と唸《うな》り声が闇にふるえた。

そのとき、表戸が内側へ、激しく蹴り倒された。

藁店の路地から黒い集団が乱入し、倒れた表戸をばりばりと踏み破った。

黒い集団が喚きながら高座の黒雲目がけて襲いかかる。

高座から躍った黒雲が抜刀した一撃は、先頭で突進する影の攻撃より先にその肩の肉を嚙《か》み、骨を砕いていた。

影の悲鳴が、藁店の外まで轟いた。

瞬時に黒雲の二の太刀《たち》が、右から打ちこむ一撃をはねあげ、その頭骸を割り落とし、かえす刀で左から黒雲の脾腹《ひばら》に突き入れた影の顔面を痛打した。

影は黒雲の腹に刀を残したまま、ぶぶうう、と奇妙な声を漏らして台所の土間まではじけ飛んでいくと、水瓶を粉砕し、棚をがらがらと倒して茶碗や皿の破片を闇へまき散らした。

黒い集団は黒雲の、前、左右から一気に迫った。

十二

龍平が駆けつけたとき、藁店の路地には町内の自身番の町役人と起き出した住人らが、黒雲亭の様子を離れたところからうかがいつつ、ひそひそと何か言い交わしていた。

息を整えつつ龍平と従う寛一が路地奥へ進むと、住人らは道を開いた。

黒雲亭の表の板戸は中へ倒れ、踏み破られていた。

あがり端の土間に侍が、仰向けにぐにゃりと倒れているのが見えた。

中の行灯の灯が、ゆれながら路地へこぼれていた。

龍平は、自身番の提灯を持った役人らに訊いた。

「何が、あった」

「いえ、何があったのやら、さっぱりわかりません。わかっているのは、あのとおり、死体が。中にもごろごろ転がっております」

「亭主は、どうした」

「黒雲さんは中で、ひとりで酒を、呑んでやす」

それは住人のおやじが言った。

「生きているのか」

「へえ。かえり血で、血だらけでやすが」

龍平は黒羽織を脱ぎ、寛一に預け、小格子模様の白衣《びゃくえ》を裾端折りにした。

「寛一はここにいろ」

龍平は黒雲亭の土間へ踏み入った。

路地から町役人らが、龍平の足元を提灯で照らした。

龍平は首筋を裂かれて、土間を血で濡らした侍を跨《また》いだ。

黒雲が続き部屋の奥の畳一枚分の高座にかけ、茶碗酒を呷《あお》っていた。

襷がけに裾端折りの小袖に血飛沫を散らし、剥き出しの脛《すね》、腕、顔、向こう鉢巻のごま塩の頭も、おびただしい血を浴びて真っ赤だった。

黒雲は龍平と目を合わせ、にやりとした。

「あんたがくると、思ってたよ」

「すまんが、土足であがらせてもらうよ」

「血糊で足を滑らすなよ」

黒雲は笑い、茶碗酒を呷った。

黒雲の右わきに行灯と、血糊がべっとりとつき刃こぼれのした一刀が、畳に突き立ててある。

左わきには、何本もの刀を戦利品のように突きたて集めてある。

四畳半の続き部屋のそこかしこや台所の落ち間、表土間に、血まみれの侍が転がっていた。

誰もみな絶命していると見え、かすかな呻き声さえ聞こえなかった。

龍平は転がっている侍の数を数えた。

驚いたことに、槇原藤次が潜戸の前で、低い粗末な天井を魚のような目で見あげていた。

槇原を入れて、侍の亡骸は九つあった。

襲った方が、全滅したのか。

「あんた、ひとりでか」

「ああ、みな骨のあるやつらだったぞ。苦戦した」

見ると、黒雲の腹から血が噴いている。

黒雲は傷を左手で押さえていた。

「手あてを、せねばな」

「無駄だ。それより用意はいいのか」

龍平は短く沈黙した。

「お銀とお染は、もういないのか」

「いない。言っとくが、二人には阿部伝一郎誘拐《かどわか》しも、銀座見張座人吉右衛門殺しもかかわりがない。みんな、おれがひとりでやったことだ。いいか。おれ以外は誰も仲間はいない。覚えとけ」

「あんたの友の田宮伊織、あんたが育てた娘のお銀お染は仲間ではないのか」

「田宮は死んだ。お銀もお染も赤の他人だ」

「あんたと田宮が隅田川で伝一郎をさらった。あのとき、猪牙の櫓を漕いでいたのは、お参ことお銀だな。あの雪の隅田川に、仲間の全員が、顔をそろえていたのだな」

「ははは……おれひとりの仕事だと言っているだろう。仲間がいるとすれば、亡霊だ。無実の罪で殺された茂七と女房お参の亡霊が、おれの仕事を手伝ってくれたのだ」

「鎌倉河岸で船饅頭を装って吉右衛門を誘い、始末したな。船に乗っていた二人の女はお銀とお染だな」

「だったらどうだと言うのだ。吉右衛門は殺されて当然の男だった」

「お銀、お染を旅芸人の子に仕たて、茂七とお参の恨みを、赤の他人のあんたが晴らしたか」

「亡霊がおれに頼んだ。恨みを晴らしてくれとな。報酬はお銀とお染だ。二人の稼ぎで、おれは呑みたい酒を呑み、食いたい物を食い、儲《もう》けも考えず気楽に黒雲亭の亭主に納まっていられた。いい思いができた」

龍平は乱戦の跡を見廻した。

「上出来とは、言えん。阿部勘解由を打ち残したのは、誤算だった。だが、それよりもっと大きな誤算は、楓姉妹の人気だ。楓姉妹がこれほど人気を得るとは思いもよらなかった。あれらの芸が、見事にすぎた」

そう言って黒雲は腹の傷を押さえ、ちぃ、と顔をしかめた。

「これほどの人気にならなければ、事は手だてどおり運んだはずだった」

「それほどの芸達者を、惜しいことだな」

龍平が言うと、黒雲はまばたきもせず睨みかえした。

「知ったふうなことを」

黒雲は茶碗を置き、高座を立った。龍平より二寸は上背がある。腹はおびただしい鮮血に染まっていた。

「おれの刀は十二年ぶりに、折れもせずよく闘ってくれたが、もう使えん。これで間に合わせるか」

と、左わきに突きたてた刀の中から一本をつかんだ。

そして龍平へ切っ先を突きつけた。

「抜け。抜いて町方の務めを果たせ。と言って、むざむざとおれの首をくれてやるつもりはないぞ。阿部家の刺客であれ町方であれ、斬って斬って斬りまくってやるわ」

黒雲は血だらけの両手で柄をしぼりつつわきへ引き、地を這う獣のように身を低くした。

刺客の集団は、低い天井の下で満足な動きがとれず、混乱をきたしたろう。

龍平は刀を静かに払った。そして、

「あんたもお銀らと一緒に、なぜ逃げなかった」

と正眼《せいがん》に構えて言った。

「ふふん……。誰かが仕舞いをつけねば、一件の収まりがつかぬだろう。わけはおれの刀に訊くがいい」

龍平は右足を半歩踏み出し、右わきへ刀をだらりと垂らした。

黒雲が、うん？　という顔をした。

だが龍平は次に垂らした刀を右肩に担ぎあげ、同時に左膝を折りながら右足を大きく後ろへ引く奇妙な八双《はっそう》に、かまえを変えた。

田楽橋で田宮伊織がとったかまえだった。

低い天井、身動きのとれぬ狭い場所、相手と肉迫する接近戦、まさに理にかなっている。

なるほど、実戦の中で得たかまえだ。

黒雲は龍平のかまえの意味を読もうとしていた。

「忘れたか。あんたの友・田宮伊織のかまえだ。あんたを倒さねばならん」

「小僧。笑止」

黒雲の身体が、地を這うかのごとくに間をつめた。

瞬間、切っ先が龍平に襲いかかった。

しゅっ、しゅっ、しゅっ……

と鶴の嘴《くちばし》が餌《え》をついばむように攻撃が反復された。

龍平は最初の数突きを、ほとんど紙ひと重の隙《すき》で右に左にとかわした。

何突き目かが龍平の左肩をかすった。

次の突きがさらに鋭く、龍平の左首筋に薄い傷を残した。

痛みが走った。

間髪《かんはつ》容《い》れず、地を這う黒雲の全身が龍平にぶつかるほど肉薄し、さらに鋭い突きが放たれた。

「りゃあっ」

鶴の嘴が龍平の胸板へ襲いかかる。

この男も、己の命を微塵《みじん》も考慮していない。

龍平は肩を落とし、その肩に担いだ一刀で黒雲の突きをはじき、薙《な》いだ。

鋼《はがね》と鋼が打ち合い、激しく火花を散らした。

龍平が踏みこみ、はじかれた刀とともに、黒雲の身体がわずかに反《そ》った。

しかし黒雲は、かえした左からの一撃を上体を折ってかわし、そのまま龍平の胴を打ち抜こうと計る。

その一瞬、龍平の身体は鶴の嘴より早く、地すれすれを飛翔した。

だが黒雲の傷ついた身体は、龍平の飛翔に応じられなかった。

黒雲は、瞬時、龍平に遅れた。

飛翔は黒雲の右わきと交差した。

ずん、と手応えがかえってきた。

そしてすり抜けた。

龍平は血で汚れた畳をぎゅっと踏みしめ、身体を半転させた。

また刀を肩へ担ぎ、右足を大きく引いて黒雲と対峙《たいじ》した。

だが黒雲は、虚《むな》しく空を泳いだ切っ先を畳についていた。

刀でかろうじて支える身体が、ゆれていた。

力ない吐息が、老いて衰え、傷ついた侍の、儚《はかな》い命を伝えていた。

表戸の外に集まった自身番の役人や住人らが、黒雲を見守っていた。

その中に寛一もいる。

みな、しわぶきひとつたてない。

「見事だ、日暮さん。あんた、芸達者だね」

黒雲は龍平をふりかえり、突きたてた刀に身体を預けた。

それから、ゆっくりひざまずいた。

「日暮さん、忘れないで、くれよ。みんな、おれひとりでやったことだ。娘らには、かかわりない。いいな、娘らには……」

「忘れはしない」

龍平は言った。

黒雲は笑った。

笑ったように見えただけかもしれない。

黒雲は、夜明けまでもうひと眠り、とでも言うかのように横になった。

そうして表戸の住人らへ、世話になった、とでも言うかのように小さく手をあげ、安らかな眠りにつくかのように目を閉じた。

「旦那」

表戸の人だかりの中の寛一が言った。

龍平は刀を納め、黒雲の安らかな寝顔に合掌して頭《こうべ》を垂れた。

結　花吹雪の杜《もり》

一

翌日の夕七ツ（午後四時頃）、龍平は奉行用部屋へ呼ばれていた。

手付《てつき》同心が帰り支度もせず執務する奥に、裃《かみしも》の奉行永田備前守と左右に年番《ねんばん》方《かた》筆頭与力福澤兼弘と詮議役《せんぎやく》筆頭与力の柚木常朝が控《ひか》えていた。

龍平は畳に手をつき、平身していた。

「日暮、手をあげよ。またしても手柄だったな。よくやった」

奉行が相好《そうごう》を控え目にくずして言った。

「仰せのとおり、ようやってくれました。見事な働きだ」

福澤が言い、柚木も微笑《ほほえ》んでいる。

「だがな、日暮。今日の登城で昨夜の豊島町の一件が評議にのぼってな。ご老中も加わられて、つい先ほどまで評議が長引いた」

と奉行は言った。

「評議の結果、昨夜の一件は寄席《よせ》の亭主と客の侍らの私闘、喧嘩《けんか》ということになった。寄席の亭主に恨《うら》みを抱いた浪人らが寄席を襲い、武芸のたしなみのある亭主にかえり討ちにあった。まあ、事情はそんなところだ」

福澤がこくこくと頷《うなず》いている。

柚木は畳《たたみ》へ目を落としている。

「十二年前の一件を、蒸《む》しかえすのは困ると、幕閣の暗黙の総意だ」

「日暮、裁量せよ。つまり、わかるだろう、ということだ。もう十分、人が斬《き》られた。そろそろ幕引きにしてもいいのではないか、日暮」

それは福澤が言った。

龍平は応えなかった。

ただ考えていた。

それじゃあ名もなき庶民はやってられないよ、とだ。

「阿部家に何事もないというのではないと思う。だが、表だっては一件は落着した。これ以上の探索にはおよばぬ」

龍平は黙礼し、それから頭をあげ、にこりとした。

「お奉行さまにおうかがいいたします。阿部伝一郎さま誘拐《かどわか》しは、神田豊島町の寄席・黒雲亭の亭主波野黒雲こと常州浪人高家清六と元公儀御家人田宮伊織の金目あての企《たくら》みというお見たてで、よろしゅうございますか」

「そうだ」

「先だっての銀座屋敷見張座人吉右衛門殺しは、流しの追剝《おいはぎ》に鎌倉河岸で偶然襲われ命まで奪われた、そう判断してよろしゅうございますか」

「よい」

「今後、この二人以外に一件で咎《とが》めを受ける者はいない、ということでよろしゅうございますか」

「そのとおりだ」

「納得いたしました。お上のご判断に、わたくし、異存はございません」

龍平は再び畳へ手をついた。

福澤も柚木も、やれやれ、という顔つきだった。

しかしながら、四月夏、勘定吟味役《かんじょうぎんみやく》阿部勘解由は突然役目を解かれ、家督を倅《せがれ》伝一郎へ譲り、隠居の身になった。

ただし、伝一郎は未だ心の病が癒えず、勘定吟味役の任に就《つ》くことは無理と判断され、役目を継ぐことはできず、阿部家は小普請役《こぶしんやく》を仰せつかった。

小普請役は非役であり、同じ非役でも三千石《ごく》以上は寄合《よりあい》となる。

二

江戸の町に桜の花が咲き誇り、そろそろ舞い始めるころだった。

向島の隅田堤には、連日、花見の老若男女が押し寄せ、うららかな春の日和《ひより》も続いて、犬も猫も、花見客の食べ残しを狙《ねら》う烏《からす》も、浮かれ騒ぐそんなある日の昼さがりだった。

龍平と倅俊太郎、菜実を抱いた妻の麻奈、舅《しゅうと》の達広、姑《しゅうとめ》の鈴与、それに下男の松助も従えた日暮家総出で、散り始めた桜を惜しみ、向島の隅田堤へ花見と繰り出した。

亀島橋から猪牙《ちょき》を雇い、大川へ出て漕《こ》ぎのぼり、新大橋、両国橋、吾妻橋をくぐり、左に花川戸《はなかわど》、右に北十間堀《きたじっけんぼり》から水戸家下屋敷《しもやしき》の土塀を眺めてさらに北の、竹屋《たけや》の渡し場で猪牙をおりた隅田堤は、爛漫《らんまん》の桜に花吹雪が舞っていた。

六歳の俊太郎にも赤ん坊の菜実にも、命の華やぎが芽生《めば》えているのか、はじけ、はしゃぎ、満面の笑顔である。

日暮家の人々は、隅田堤を北へゆるゆるととった。

桜並木の下をのんびり歩む花見客の髪や肩にも、桜の花びらが降っている。

踊りのお師匠さんにひきいられた若い娘たちが、同じ色柄の着物の拵《こしら》えに、花飾りの網笠《あみがさ》をかぶって、列を組んで踊りながら、謡《うた》いながら堤をゆく。

三味線《しゃみせん》が弾かれ、娘たちの調子を揃《そろ》えた嬌声《きょうせい》と艶《あで》姿が爛漫の桜に映える。

俊太郎が先頭をきって駆けては、駆け戻ってくる。

麻奈が、

「俊太郎、離れすぎてはなりませんよ」

と声をかけると、腕の中の菜実も何か言おうとする。

しかし疲れを知らない俊太郎は、また駆けてゆく。

達広鈴与夫婦と松助は、のんびりと桜を愛《め》で、遅れている。

「何度観ても美しい。向島の隅田堤の花見は町方になってからは初めてだ」

龍平は、すぐ後ろに寄り添う麻奈に言った。

「そうでしたか。でしたらわたくしも、あなたと夫婦《めおと》になって初めての向島の桜です」

「これほど一度に咲き誇ると、息を呑む」

「ほんとうに」

と麻奈の白い顔にほんのりと桜色が差している。

「菜実は、わたしが抱こう」

龍平は麻奈の腕の中から菜実を抱きあげた。

周りの花見客が、すっと背の高い龍平と麻奈の姿に、ちらほらと眼差《まなざ》しを投げていく。

菜実がかざした小さな生き物のような掌《てのひら》に、桜の花びらが舞い落ちた。

菜実はそれを不思議そうに見て、あぶあぶと話しかけている。

「父上ぇぇ、父上ぇぇ」

俊太郎が駆け戻ってきた。

騒々しいけれど、ここは人々の浮かれ騒ぐ花吹雪の杜《もり》である。

よいではないか。

「父上、お客さまです」

俊太郎が龍平を見あげて言った。

「えっ？」

龍平と麻奈は顔を見合わせた。

龍平が堤道の前方を見ると、花見客の中に、黒羽織《くろばおり》に茶の裁着袴《たつつけばかま》、黒足袋《たび》に草鞋《わらじ》を履《は》き、肩にはふり分け荷物、真新しい菅笠《すげがさ》をかぶった旅拵えの小柄な男が立っていた。

男は腰に何も帯びていない。

龍平に一礼し、人の中をわけて近づいてくる。

龍平もゆっくり歩んだ。

一間《けん》（約一・八メートル）ほど前で立ち止まり、男は菅笠を少しあげた。

「ご無礼をお許しください。あまり人前で顔を晒《さら》したくないもので」

龍平はにこやかな笑みで、一礼をかえした。

「お坊っちゃんをその先でお見かけいたし、声をかけさせていただきました。日暮さまにここでお会いできて、喜ばしいかぎりです」

男は晴れやかな口調だった。

「宮三さんと寛一さんのお世話で、楓姉妹ともども、無事、江戸を出ることができました」

とその小柄な男、高田兆次郎はまた礼をした。

「ですが、野州《やしゅう》の宿で日暮さまのお噂《うわさ》を耳にいたし、一度どうしても江戸へ戻り、日暮さまにお礼を申したくて、日暮さまのご迷惑にならぬよう、どのようにお訪ねしたものかと、思案を廻《めぐ》らせておったところでございました」

「お気遣いにはおよびません。それに高田さんは言うまでもなく、女義太夫楓参、染之介もお尋ね者ではありません。心安らかに」

「ありがとうございます。わたしたちが新しい生き方ができるのは、日暮さまや宮三さん、寛一さんのお陰です」

「いや。すべては波野黒雲さんが計らったのです。わたしは結局、楓参、染之介の縁ある者らを斬った町方です。姉妹には恨まれても仕方がない」

「日暮さまには、お立場をあやうくしてまでも真《まこと》をつくしていただきました。あれでよかったのです。その首尾が、楓姉妹のお咎めなしとなったのです。黒雲さんも冥土《めいど》で安堵《あんど》なさっておられるでしょう」

「そう言ってもらえると、少しは安堵を覚えます」

午後の日が降りそそぐ隅田川には、花見の川船が幾艘《いくそう》も浮かんでいた。

三味線の音色も聞こえてくる。

「これから、やはり旅へ」

「日暮さまにお会いできて、江戸に思い残すことはなくなりました。黒雲さんが仰《おつしや》っていたのですが、京へのぼり、楓姉妹とともに寄席を開こうと考えているのです」

「刀は、なしで」

龍平は高田の無腰を見て言った。

「多くの芸人が集まる小屋を、ひとつだけではなく、幾つも造りたいのです。刀など、役にたちません」

「京にも大坂《おおさか》にも、いずれは江戸にまた、黒雲亭ができるといいですね」

「己の生涯をかけるに足る、仕事が見つかりました」

龍平は大きく首を縦にふった。

「待ち人がおります。では、これにて」

高田は麻奈にも礼を送り、俊太郎の手を握り、

「お坊っちゃん、ありがとう」

と言い残し、踵《きびす》を返した。

高田はたちまち人中にまぎれていったが、堤のずっと先で、二人の旅姿の女と立ち話をしているのが見えた。

「高田兆次郎さまですね。阿部家をお去りになったのですか」

麻奈が言った。

俊太郎が急に大人しくなって、二人の前を歩いていた。

「阿部家の勤めより、値打ちのある仕事が見つかったのだ」

「侍を捨ててでも？」

「人の値打ちを決めるのは、身分ではなく、志《こころざし》だよ」

龍平は麻奈をふりかえり、笑った。

それから視線を前方へ廻らすと、隅田堤の花吹雪の中をいく三人が見えた。

たんと痛いでござんしょの……

龍平は、近松の台詞《せりふ》を、またふっと思い出した。

注・本作品は、平成二十二年六月、学研パブリッシング（現・学研プラス）より刊行された、『日暮し同心始末帖　花ふぶき』を著者が大幅に加筆・修正したものです。

一〇〇字書評

花ふぶき

切り取り線

購買動機（新聞、雑誌名を記入するか、あるいは○をつけてください）

□（　　　　　　　　　　　　）の広告を見て	
□（　　　　　　　　　　　　）の書評を見て	
□ 知人のすすめで	□ タイトルに惹かれて
□ カバーが良かったから	□ 内容が面白そうだから
□ 好きな作家だから	□ 好きな分野の本だから

・最近、最も感銘を受けた作品名をお書き下さい

・あなたのお好きな作家名をお書き下さい

・その他、ご要望がありましたらお書き下さい

住所	〒				
氏名		職業		年齢	
Eメール	※携帯には配信できません	新刊情報等のメール配信を 希望する・しない			

この本の感想を、編集部までお寄せいただけたらありがたく存じます。今後の企画の参考にさせていただきます。Eメールでも結構です。

いただいた「一〇〇字書評」は、新聞・雑誌等に紹介させていただくことがあります。その場合はお礼として特製図書カードを差し上げます。

前ページの原稿用紙に書評をお書きの上、切り取り、左記までお送り下さい。宛先の住所は不要です。

なお、ご記入いただいたお名前、ご住所等は、書評紹介の事前了解、謝礼のお届けのためだけに利用し、そのほかの目的のために利用することはありません。

〒一〇一－八七〇一
祥伝社文庫編集長　清水寿明
電話　〇三（三二六五）二〇八〇

祥伝社ホームページの「ブックレビュー」からも、書き込めます。
www.shodensha.co.jp/bookreview

祥伝社文庫

花《はな》ふぶき　日暮《ひぐら》し同心始末帖《どうしんしまつちょう》

平成28年6月20日　初版第1刷発行
令和7年6月10日　第12刷発行

著　者　辻堂《つじどう》 魁《かい》
発行者　辻　浩明
発行所　祥伝社《しょうでんしゃ》
東京都千代田区神田神保町3-3
〒101-8701
電話　03（3265）2081（販売）
電話　03（3265）2080（編集）
電話　03（3265）3622（製作）
www.shodensha.co.jp
印刷所　堀内印刷
製本所　ナショナル製本
カバーフォーマットデザイン　中原達治

Printed in Japan ©2016, Kai Tsujidou ISBN978-4-396-34217-3 C0193

祥伝社文庫の好評既刊

辻堂 魁
父子《おやこ》の峠
日暮し同心始末帖⑦

年寄りばかりを狙った騙りの夫婦を捕縛した日暮龍平。それを知った騙りの父が龍平の息子を拐かした！

辻堂 魁
風の市兵衛

さすらいの渡り用人、唐木市兵衛《からきいちべえ》。心中事件に隠されていた奸計《かんけい》とは？ 〝風の剣〟を振るう市兵衛に瞠目！

辻堂 魁
雷神
風の市兵衛②

豪商と名門大名の陰謀で、窮地に陥った内藤新宿の老舗。そこに〝算盤《そろばん》侍〟の唐木市兵衛が現われた。

辻堂 魁
帰り船
風の市兵衛③

舞台は日本橋小網《こあみ》町の醤油問屋「広国《ひろくに》屋」。市兵衛は、店の番頭の背後にいる、古河《こが》藩の存在を摑むが――。

辻堂 魁
月夜行《つきよこう》
風の市兵衛④

狙われた姫君を護《まも》れ！ 潜伏先の等々《とど》力《ろき》・満願寺《まんがんじ》に殺到する刺客たち。市兵衛は、風の剣を振るい敵を蹴散らす！

辻堂 魁
天空の鷹《たか》
風の市兵衛⑤

息子の死に疑念を抱く老侍。彼の遺品からある悪行が明らかになる。老父とともに、市兵衛が戦いを挑んだのは!?